Winfried Hierdeis

Aus der Zeit gefallen

Geschichten meiner Kindheit in Stadtbergen 1945 – 1955

Rückblicke und Einblicke

Erweiterte Neuauflage des Buches:
„Ja Buaba, dös ka ma fei it so lossa!"

Winfried Hierdeis

Aus der Zeit gefallen

Geschichten meiner Kindheit in Stadtbergen 1945 – 1955

Rückblicke und Einblicke

Erweiterte Neuauflage des Buches:
„Ja Buaba, dös ka ma fei it so lossa!"

Lektorat

Andreas Skowronek

Bildnachweise:

S. 7: Turnhalle des Arbeiterturnvereins, Hildegard Mayer, geb. Eßt / S. 12, 39: Stadtberger Bildarchiv / Thomas Werthefrongel / S. 44: Egon Margraf / S. 57: Karin Helmreich / S. 62: J.Stiegele / S. 93, 94: Wilhelm Schwarz / Rainer Stolpe :Umschlag Rückseite / alle weiteren Bilder: W. Hierdeis privat

Schriften:

https://www.fontsquirrel.com/license/aguafina-script | Copyright (c) 2007 Angel Koziupa (sudtipos@sudtipos.com), Copyright (c) 2007 Alejandro Paul (sudtipos@sudtipos.com), with Reserved Font Name "Aguafina Script" This Font Software is licensed under the SIL Open Font License, Version 1.1.
https://www.fontsquirrel.com/license/lato | Copyright (c) 2010-2014, Łukasz Dziedzic (dziedzic@typoland.com), with Reserved Font Name Lato. | This Font Software is licensed under the SIL Open Font License, Version 1.1.

Bibliographische Information der Deutschen Nationalbibliohek:

Die Deutsche Nationalbibliothek verzeichnet diese Publikation in der Deutschen Nationalbibliografie, detaillierte Informationen sind unter http://dnb.dnb.de abrufbar.

Herstellung und Verlag
BoD - Books on Demand, Noderstedt
ISBN: 9783752622263

Vorwort

Der Krieg war zu Ende. Unsere Familie kehrte 1946 nach Stadtbergen zurück und bezog die Wohnung am Oberen Stadtweg, wo sie seit 1937 Heimat gefunden hatte.

Aus Sicherheitsgründen verließen wir nach dem Tode unseres Vaters - er war im Mai 1942 in der Nähe von Moskau gefallen - Stadtbergen immer wieder in Richtung Bodensee. Dort fanden wir bei einer Freundin unserer Mutter in einer Klostergemeinschaft Aufnahme. Der Zufall wollte es aber, dass wir gerade beim großen Bombenangriff auf Augsburg im Februar 1944 hier waren... Im September 1946 kehrten wir endgültig nach Stadtbergen zurück.

Unsere Familie bestand aus sechs Personen: meine Mutter, Tante Rosa, sie war eine Schwester meines Vaters und führte den Haushalt, und wir vier Brüder im Alter zwischen 5 und 11 Jahren. In unserer Wohnung war inzwischen schon Leben eingekehrt: Ein lettisches Ehepaar, sogenannte Antifaschisten, hatte von der amerikanischen Verwaltung ein Zimmer in unserer Wohnung zugewiesen  bekommen, inklusive Badbenützung. So tummelten sich acht Personen in der kleinen 4-Zimmerwohnung. Leider hatte das Waschbecken im Bad einen Sprung, eine Reparatur war noch nicht möglich, also mussten sich alle in der Küche waschen. Dazu gab es nur eine Toilette, was mitunter zu Engpässen und Aggressionen führte. Geheizt wurde nur die Küche. Hier stand ein großer Kohlenherd, der uns Kinder immer wieder zum Zündeln einlud. Was für ein herrlicher Spielplatz! Das Wohnzimmer wurde nur an Feiertagen beheizt, aus Holz – und Kohlemangel. Schließlich wurden alle Brennstoffe zugeteilt.
Lebensmittel gab es auf Marken. Sie waren sehr knapp bemessen. Das Brot reichte nie. So durften wir jeden Samstag mit der Tram nach Haunstetten fahren und dort auf Vermittlung unserer Letten bei deren Freunden 4 kg Brot holen. Die hatten wohl eine bessere Brotration zugeteilt bekommen und waren bereit, uns davon abzugeben. Das war ein Reichtum!
Die finanzielle Lage unserer Familie war sehr bescheiden. Die Mutter verdiente

nur stundenweise, weil sie nur für die tatsächlich gehaltenen Unterrichtsstunden bezahlt wurde, in den Schulferien bekam sie nichts! Dazu erhielt sie nur ein niedriges Witwengeld, weil unser Vater zu jung gefallen war und sich keine höheren Pensionsansprüche ableiten ließen. Wir erhielten als Halbwaisen Waisengeld. Alles zusammen ermöglichte unserer Familie einen sehr einfachen Lebensstandard, der keine Sonderwünsche zuließ. Aber wem ging es damals schon besser? Jeder hatte um das Nötigste zu kämpfen, manches konnte durch Hamstern

ergattert werden. Als ich 1947 eingeschult wurde, kannte ich niemanden, dem es augenscheinlich besser gegangen wäre als uns. Man vermied das Thema einfach in unserer Familie, um keinen Neid zu erwecken.

Ein großes Glück und einen Vorteil gegenüber uns hatten manche Mitschüler doch:

Ihr Vater war aus dem Krieg mehr oder weniger heil heimgekommen.

Der Platz unseres Vaters blieb unwiderruflich leer, so sehr ich mir das anders gewünscht hätte.

Wen wundert es, dass ich in meiner Kindheit nur Freunde hatte, in deren Familien der Vater da war.

Wenn unser Leben damals auch sehr einfach und unspektakulär ablief, erlebten wir doch eine reiche Kindheit, aus welcher ich berichten möchte. So entsteht ein Bild der unmittelbaren Stadtberger Nachkriegszeit mit ihren Menschen und Lebensumständen, ein kleines Stück Geschichte der neuen Stadt Stadtbergen, das nicht vergessen werden soll.

Winfried Hierdeis

Mein Schulranzen

Schulanfang ist heute ein familiäres Großereignis. Mama, Papa, Oma und Opa, oft auch noch die Paten begleiten den mit Schultüte und einer wunderbaren Grundausstattung ausgerüsteten Schulanfänger zur Schule um zu überwachen, dass ja kein Kratzer an das Kind kommt. Anschließend geht man mit dem Kind aus, damit alles zu einem unvergesslichen Erlebnis wird. Beim Schulanfang 1947 war alles etwas anders und dennoch unvergesslich:

Ich freute mich natürlich auf die Schule, war ich doch das letzte Familienmitglied, das in das Leben hinaustreten sollte. Meine drei Brüder waren schon erfahrene Schüler und erzählten mir immer wieder von den Freuden und Leiden eines Schülerlebens. Ich konnte mir zwar nicht vorstellen, dass da etwas Negatives sein könnte, aber sie meinten: „Wart's ab, du wirst schon sehen!"

Ich selbst war schon ganz aufgeregt und sammelte Stifte, alte Hefte und leere Blätter. Eines Tages kam meine Mutter mit einer Schiefertafel heim. Daran hing ein orangener Putzschwamm. Ich war selig und suchte nach meiner Griffel-schachtel, die mir einer meiner Brüder überlassen hatte. Darinnen fanden sich ein paar abgebrochene Griffel, solche von der harten Sorte. Die sogenannten „Buttergriffel," also weiche, sollten noch rechtzeitig gekauft werden. Natürlich nervte ich die Mutter mit meiner Dauerfrage: „Mama, wann bekomme ich end-lich meinen Schulranzen? Der Gerhard und der Egon haben ihren schon." „Nur langsam, es ist ja erst Juli. Da haben wir noch Zeit." meinte sie gelassen. Und ich glaubte ihr. Schließlich hatte sie schon dreimal Erfahrungen mit Schulanfängern gesammelt. Das musste reichen....

Die Sommerferien verbrachten wir wieder in der Bodenseegegend. Der bevor-stehende Schulanfang trat in den Hintergrund. Als wir Ende August heimkamen meinte Mutter: „Es ist höchste Zeit, dass wir deinen Schulranzen kaufen" und fuhr gleich in die Stadt. Sie wurde von mir sehnsüchtig erwartet. „Und, wie sieht er aus?", wollte ich wissen. Mutter wurde verlegen: „Er sieht gar nicht aus, ich habe heute noch keinen bekommen. Morgen klappere ich noch die anderen Geschäfte ab, wir haben ja noch drei Tage Zeit." Inzwischen stolzierten meine Freunde daheim mit dem Schulranzen vor dem Spiegel auf und ab und bewunderten sich mit ihren wunderbar schwarz oder dunkelbraun lackierten Pappkartonkisten mit großer Verschlussklappe und viel Platz, etwas hineinzustecken. Sie übten schon mal das Packen und ich durfte zuschauen. Da konnte man vor Neid nur erblassen.

Am vorletzten Ferientag brachte Mutter eine wunderbare Griffelbox mit, vom Schulranzen wieder keine Spur. So langsam schien sie wegen ihres Misserfolges auch unruhig zu werden und versprach mir, dass ich zum ersten Schultag auf jeden Fall meinen Schulranzen haben werde, koste es, was es wolle. So konnte ich den letzten Ferientag kaum erwarten.

Als sie an diesem Mittag aus der Stadt zurückkam, trug sie ein dickes Paket unter dem Arm. Mein Schulranzen! Gleich wollte ich ihr das Paket entreißen, da merkte ich, dass Mutter eher bedrückt als glücklich aussah. Sie meinte: „Du, wir haben nur noch diesen Schulranzen bekommen." Ich zerrte ihn hastig aus der Verpackung. Aber, was kam zum Vorschein? Ein Mädchenschulranzen, ein weißer Mädchenschulranzen! Die Verschlussklappe war nur halb so groß wie der von den Bubenranzen, dazu waren die Riemen über die Rückseite des Ranzens gekreuzt. Da konnte jeder auf 100 Meter sehen, dass ich einen Mädchenschulranzen trug! Meine Enttäuschung war riesengroß. Untröstlich packte ich alle Habseligkeiten ein und warf den Ranzen in das Eck. Es war mir auch kein Trost, dass dieser Schulranzen nur ein Ersatzranzen sein sollte, bis die Bubenranzen wieder zur Verfügung standen.

Am ersten Schultag erregte ich wie keiner meiner Freunde Aufsehen. „Der Muck hat a Mädlaschultasch! Uija!" Da half auch nicht, dass ich meinen Freunden von unserem Missgeschick erzählte. Sie fanden, dass ich doof aussähe und gaben mir den Rat, ich solle auf dem Heimweg ja mit den Mädchen laufen. Mit einem wie mit mir könne man sich nicht sehen lassen. Ein Glück, dass mein Schulweg sehr kurz war, von der Schubertstraße zum Oberen Stadtweg! So hielt sich die Pein zeitlich in Grenzen.

Zu Weihnachten 1947 bekam ich endlich meinen Bubenranzen aus schwarz lackiertem Karton, einfach toll. Die Leidenszeit war vorbei!

Das erste Schuljahr

 Aller Anfang ist schwer – das weiß jeder Erst-
klässler. Wir erfuhren das auch recht schnell,
denn unser Klassenzimmer im alten Hitler-
Jugendheim an der Schubertstraße verfügte
nur über einen großen Raum mit langen
Schulbänken, an denen links und rechts vom
Gang wenigstens 6 Kinder auf Klappsitzen
Platz fanden. Die Tischplatte war aus einem Stück und hatte eine Rinne als Abla-
ge für Griffel, Federhalter und Bleistifte, die eingelassenen Tintenfässchen waren
zwar mit Tinte gefüllt, interessierten uns aber noch nicht, weil wir nur mit dem
Griffel auf die Schiefertafel schreiben durften. Die Garderoben und Toiletten be-
fanden sich im Eingangsbereich. Standen die Türen der Toiletten offen, und das
war bei dem großen Andrang nicht zu verhindern, roch unser Schulhaus wie eine
öffentliche Bedürfnisanstalt.

Immerhin wurden die beiden ersten Klassen zeitweise gemeinsam unterrichtet,
das hieß, es waren etwa 75 Buben und Mädchen im Raum. Es gab aber auch
Schichtunterricht, dann waren wir Buben mit unserer Lehrerin allein. Sie war
wie meine Mutter Kriegerwitwe und hatte drei Söhne. Ihr Mann wurde von den
Nazis in Irsee umgebracht.

Unsere Lehrerin liebte klare Anweisungen, die unbedingt befolgt werden mussten: „Griffel in die Rinne, Hände auf die Bank!" Wenn wir Buben dennoch Zeit
fanden, herumzutändeln, kam eine verschärfte Anweisung: "Hände auf die Bank,
Griffel auf den Handrücken legen!" Fiel der Griffel herunter, hatte man nicht nur
plötzlich mehrere Griffelstückchen am Boden liegen, man konnte auch damit
rechnen, dass man eine Tatze mit dem Rohrstock auf die Finger bekam und das
war ganz schön schmerzhaft. Trotzdem liebten wir unsere Lehrerin. Sie konnte
wunderbar erzählen, malte schöne Bilder an die Tafel und verstand, unser Gemüt
anzusprechen. Wie nebenbei lernten wir das Lesen und Schreiben, dazu eine
Menge Lieder und Gedichte. Wir gingen gerne zur Schule und taten alles, um
unserer Lehrerin zu gefallen.

In manchen Schulstunden, wenn die beiden ersten Klassen gemeinsam unterrichtet wurden, stieg der Lärmpegel entsprechend an. Die Lehrerin hatte alle

Hände voll zu tun, für die nötige Arbeitsruhe zu sorgen. Ließ sich diese durch freundliche Worte nicht herstellen, hieß es: „Alles liegen lassen, heraustreten, jetzt gibt es Tatzen!" Das bedeutete, man trat einfach aus seiner Bankreihe links heraus, stellte sich im Mittelgang an und schob sich langsam nach vorne, um die angedrohte Tatze zu empfangen. Anschließend trat man wieder von der anderen Bankseite her in seine Reihe ein. Die ganze Geschichte spielte sich aber sehr geräuschvoll und mitunter höchst dramatisch ab. Manche Kinder weinten schon auf dem Weg zur Lehrerin, andere zeigten sich standhaft und versuchten durch das Wegziehen der Hand der Strafe zu entgehen. Das machte unsere Lehrerin sehr wütend. Sie schimpfte: „Strecke endlich deine Hand richtig her und zapple nicht herum, sonst treffe ich nicht richtig!" Wer da noch mit der Hand zuckte, konnte schon mal einen Schlag auf den Handrücken abbekommen. Der war aber bei Weitem nicht so schmerzhaft, wie wenn man an den Fingerkuppen getroffen wurden. Dies steigerte den Schmerz und somit das Gebrüll der Delinquenten. Es dauerte fast eine halbe Stunde, bis alle dran waren und sich wieder beruhigt hatten.

Den Mädchen widerfuhr hier übrigens eine Gleichbehandlung. Niemand wurde geschont, auch die sogenannten „braven" Kinder nicht, die sich in jeder Klasse finden lassen... Ich selbst bekam in den ersten zwei Schuljahren insgesamt fünf Tatzen in der beschriebenen Ausgabeform. Daheim regte sich darüber niemand auf. Es hieß: „Du wirst dir die Tatze schon verdient haben." Dann wird es wohl so gewesen sein.

Unterhosenparade

Das war eine seltsame Atmosphäre in unserem Schulsaal. Mütter und Väter warteten mit ihren frischgewaschenen Kindern auf die schulärztliche Untersuchung. Alle - Buben und Mädchen - mussten sich bis auf die Unterwäsche ausziehen. Und was wir alles anhatten!
Die meisten von uns trugen lange Strümpfe. Leibchen mit Strapsen sollten verhindern, dass die Strümpfe sich ständig abwärts rollten. Da die Untersuchung im Spätherbst stattfand, trugen wir dazu noch durchgehende Bodys, für uns Buben nach vorne mit Hosenfalle, nach hinten mit einer Klappe versehen, welche man beim Toilettengang abknöpfen und herunterrollen konnte.

Wir saßen ziemlich hilflos herum, genierten uns vor den anderen, obwohl die auch nicht toller aussahen und warteten, dass man aufgerufen wurde. Auch die Eltern schienen von unserem Anblick nicht gerade begeistert zu sein. Der Vergleich des eigenen Kindes in Unterwäsche mit anderen Kindern fiel oft negativ aus, weil so manche Unterwäsche von einem Grauschleier durchzogen war und man sich deshalb genierte. Viele Kinder sahen in ihren Leibchen und Bodys mit Fallen so dämlich aus, dass manche Väter ihre Zeugungskunst in Frage stellten.
Die Untersuchung selbst ging sehr schnell vonstatten. Man wurde ans Pult gerufen, sagte laut „A", während der Arzt mit einem Holzspatel im Hals herumfuhrwerkte. Dann waren die Ohren dran, anschließend wurde der Kopf nach Läusen abgesucht.
Die Eltern sprachen immer sehr leise mit dem Arzt, obwohl er seine Fragen sehr laut stellte: „Hat ihr Kind Würmer? Was, haben sie nicht gesehen? Schauen Sie bitte genau nach und melden sie sich wieder bei uns. Da, das Rote zwischen den Fingern ist noch Krätze! Verwenden Sie bitte die verschriebene Salbe, bis sich ihr Kind nicht mehr kratzt!" Wir Buben mussten husten und der Doktor griff uns dabei zwischen die Beine. Warum er das tat sagte er nicht, doch er nickte dabei sehr wissend. Das war's dann.
Da ich die Prozedur klaglos über mich ergehen ließ, durfte ich mir als Lohn daheim ein Stück trockenes Brot mit Apfelkompott bestreichen. Dieses hatte meine Tante gerade aus Falläpfeln gekocht und es schmeckte wunderbar.

Die überriechende Krätzesalbe musste ich noch länger nehmen und auch einen roten Saft, der gegen Würmer helfen sollte. Aber wann waren diese Qualen end-lich vorbei?

Unsere Lehrerin wunderte sich nicht einmal, warum wir so unruhig auf unserem Hosenboden herumrutschten. Sie kannte den Grund dafür nur zu gut: Es war nicht die Hyperaktivität ihrer Schützlinge, auf die man heute sofort schließen würde. Es waren einfach nur Würmer, die uns nicht zur Ruhe kommen ließen...

Die Schulspeisung kommt!

Zu den größten Freuden des grauen Schulalltags gehörte die Schulspeisung. Diese wurde von den Amerikanern täglich an alle Schüler ausgegeben. Damit sollte sichergestellt werden, dass alle schulpflichtigen Kinder wenigstens eine warme Mahlzeit erhielten. Unsere Schulspeisung wurde in der Gemeindeküche von Frauen gekocht. Zwei Personen zogen einen Leiterwagen, auf welchem ein hoher Suppenkessel mit großer Schöpfkelle stand, auf unseren Pausenhof. Wir Kinder hatten alle einen Blechnapf mit Suppenlöffel dabei.

Kaum hatte ein Schüler entdeckt, dass der Leiterwagen in den Schulhof hereingezogen wurde, erscholl der Ruf: „Die Schulspeisung kommt!!" Daraufhin holten wir alle unsere Näpfe hervor und trommelten mit den Löffeln darauf herum, dass ein ohrenbetäubender Lärm entstand. Unsere Lehrerin schlug mit ihrem Tatzenstecken auf das Pult und versuchte, Ruhe und Ordnung herzustellen. Bei diesem Freudengeschrei hatte sie aber keine Chance. Sie konnte uns gierige Schreihälse nur noch hilflos in die Pause entlassen.

Wir stellten uns dann in Richtung Suppenkessel an. Wer dran war, bekam einen Schlag Suppe in seinen Napf. Gierig löffelten wir den Inhalt in uns hinein. Was wir nicht mehr schafften ließen wir im Napf, um den Rest daheim zu essen. Natürlich fiel so mancher Blechnapf beim Anziehen in der Garderobe um. Das gab dann eine riesen Sauerei im Gang. Manche Kinder traten in die Suppenreste und eine glitschige Spur führte aus dem Schulhaus hinaus.

Besonders beliebt war der Kakao, den man uns einmal wöchentlich mit einer Semmel ausschenkte. Der wurde bis zum letzten Tropfen ausgeschlürft. Deshalb passierte auch nichts, wenn einer seinen Napf umwarf...

Am letzten Schultag vor Weihnachten bekam jedes Kind einen Riegel Waldbauerschokolade, wunderbar verpackt. Wir trugen diesen als großen Schatz nach Hause und verzehrten ihn andächtig unter dem Weihnachtsbaum. So erfuhr wenigstens jeder von uns, wie Schokolade schmeckt! Bis zur Währungsreform 1948 gab es kaum Süßigkeiten, daher hatte dieses Stückchen Schokolade einen unheimlich hohen Stellenwert in unserem Kinderleben.

Die neue Straßenbahn fährt – aber nicht für uns

Weil meine Mutter lieber zur Kirche St. Michael in Pfersee als nach St. Nikolaus ging, mussten wir mit ihr an Sonntagen sehr oft den Weg dorthin zu Fuß
machen. Die Straßenbahn fuhr erst ab Dezember 1947 nach Stadtbergen und
endete vorher am Westfriedhof. Wenn wir den Weg bis dahin geschafft hatten
und die Tram abfahrtbereit dastand, trieb uns die Mutter mit der Bemerkung zum
Weiterlaufen an, dass es sich wegen der zwei Stationen bis zur Leitershofer-Stra-
ße nicht mehr rentiere, mit der Tram zu fahren. Die Weiterfahrt hätte für uns alle
circa zwei Mark gekostet und das war finanziell nicht drin.
Auf unserem Kirchgang nach St. Michael konnten wir den Baufortschritt der
Tramverlängerung nach Stadtbergen gut beobachten. Endlich, am 22. Dezember
1947, war es so weit. Wir Erstklässler wurden eingeladen, zur Eröffnung der
neuen Strecke vom Stadtberger Hof zum Bräu und zurück mitzufahren. Bei der
Rückkehr gab es heiße Würstel und eine Semmel. Da war Weihnachten schon
vorweggenommen!

Ab jetzt wollte ich auch ohne
Widerspruch in die Michaelskir-
che gehen. Es fuhr ja die Tram!
Aber Täuschung! Die Tram fuhr
zwar, aber weiterhin ohne uns!
„Das Bisschen Weg schadet euch
nicht!" war Mutters Kommentar.
Vorbildlich führte sie unseren
Familientross an und sparte das
Fahrgeld ein.

Ab der zweiten Klasse durfte ich mit Bruder Dietmar die Singschule besuchen.
Der Unterricht fand in der Hans-Adlhoch-Schule statt. Diese ist etwa 300 Meter
von der Kirche St. Michael entfernt. Für den Schulbesuch gab es wiederum kein
Fahrgeld. „Ihr kennt den Weg ja schon vom Kirchgang. Die Schule ist ganz in der
Nähe. Da könnt ihr gut laufen, ihr habt ja Zeit dazu!" Und schon wieder tippelten
wir der Straßenbahnlinie entlang nach Pfersee. Die Tram fuhr ohne uns an uns
vorbei!
Manchmal, so glaube ich heute, verlängerte unsere Mutter durch diese Sparmaß-

nahme absichtlich unser Wegsein, damit die beiden großen Brüder in der Küche in Ruhe ihre Hausaufgaben machen konnten. Die Küche war ja der einzige Raum in der Wohnung, der während der Woche beheizt wurde. Ein warmes Wohnzimmer gab es nur an Sonn – und Feiertagen oder wenn Besuch kam.

Dietmar und ich sorgten am gemeinsamen Heimweg von der Singschule für genügend Kurzweil: Beim Glockenputzen musste man vorsichtig sein, damit man nicht immer bei der selben Partei läutete, sonst wurde man abgepasst und dann setzte es Watschen. Am Oberen Stadtweg bellten oder jaulten wir so laut, dass uns alle Hunde aufgebracht ankeiften und an den Gartenzäunen hin und her hetzten. Das Hundegebell war ein sicheres Signal für unser baldiges Eintreffen.

„Ihr Großen, räumt den Tisch ab, wir können Abendessen, unsere "Sänger" hört man schon!" sagte Mutter und lag mit ihrer Vermutung richtig.

Berufswünsche

Eigentlich wollte ich immer Straßenbahnfahrer oder Lokführer werden, weil ich mir nichts Schöneres vorstellen konnte, als herumzufahren. Herumgelaufen war ich in meinen ersten Kinderjahren schon relativ viel, hatten wir weder Fahrrad noch Auto noch das Geld für die Straßenbahn zur Verfügung. Ein Erlebnis veränderte meine bisherigen Berufserwartungen aber total: der Besuch des neuen Augsburger Bischofs in der St. Michaelskirche!

Im Frühjahr 1949 verstarb Bischof Joseph Kumpfmüller, zum Nachfolger wurde der Theologieprofessor Dr. Joseph Freundorfer aus Passau ernannt. Der neu geweihte Bischof besuchte noch im selben Jahr alle Augsburger Pfarreien und da waren auch die Neustadtberger dabei.
Karl Heiß, bischöflicher Kammerdiener, kam schon ein paar Tage vor dem Besuch in die Kirche, um einen geeigneten Standort für den zu errichtenden Thron des Bischofs auszumachen. Dieser hatte einen Himmel aus rotem Brokat, die Seitenteile und die Rückwand waren ebenfalls aus rotem Stoff, die Sitzfläche und die Rückenlehne waren mit dunkelrotem Samt bezogen. Ein Prachtexemplar, dieser Bischofsthron! Ich war beeindruckt! Noch wunderbarer war der Einzug des Bischofs unter heftigem Orgelspiel von Schwester Benonia.

Kammerdiener Heiß schritt feierlich hinter dem in rot eingekleideten Bischof her und trug eine lange Schleppe. Am Altar angekommen wurde diese zusammengerollt und an den roten Mantel des Bischofs angeheftet. Anschließend nahm man ihm den Mantel ab. Nun kam der rote Talar des hohen Herren zum Vorschein. Der Bischof legte die Gewänder zur Messe an, Albe, Stola, Messgewand. Ministranten brachten ihm den Bischofsstab und die Mitra. In vollem Ornat nahm der Bischof auf seinem Thron Platz um die freudige Begrüßung durch Herrn Expositus Hintermeier entgegen zu nehmen.
Die ganze Kleiderzeremonie wurde von der Gemeinde singend mit dem Lied: „Lobe den Herren" begleitet. Dem Bischof hat das Lied sicher sehr gut getan: Er saß wie ein König unter seinem himmlischen Baldachin und lächelte milde. Ich hatte das ganze Schauspiel genau beobachtet und war mir sicher, dass Lokomotivführer doch nichts für mich sei. Bischof, das könnte ich mir gut vorstellen: festlich auf dem Thron sitzen und von den Leuten mit „Lobe den Herren" be-

grüßt werden, das wär's...

Nach dem Gottesdienst lief die Kleiderzeremonie rückwärts: Der Bischof legte die Messgewänder ab und bekam vom Kammerdiener den roten Mantel mit Schleppe umgehängt. Diese wurde wieder ausgerollt und der Bischof zog segnend aus der Kirche aus, den Kammerdiener im Schlepptau.

Das mit dem roten Thron und dem Kammerdiener ließ mich nicht mehr zur Ruhe kommen. Daheim wollte ich zur Festigung meines neuen Berufswunsches unbedingt Genaueres über das bischöfliche Leben erfahren. Nach dem Auftritt war ich davon überzeugt, dass der Herr Bischof daheim standesgemäß über einen roten Toilettenthron mit samtener Klobrille verfügt. Diesen Unterschied zum gemeinen Kirchenvolk müsste es doch geben. Außerdem war ich mir sicher, dass der Kammerdiener für seinen Herrn die Frühstückssemmeln holen würde. Schließlich kann doch so ein hoher Herr nicht im roten Talar zum Bäcker gehen!

Das mit dem roten Toilettenthron schloss meine Mutter sofort lachend aus, das Semmelholen durch den Kammerdiener hielt sie auch für unwahrscheinlich. „Der Herr Bischof hat sicher eine Haushälterin, die wird das für ihn erledigen." „Da geht es dem Bischof daheim so ähnlich wie uns", meinte ich kleinlaut. „Nicht ganz," meinte Mutter, „vor der Toilettentür des Bischofs gibt es sicher keinen Stau wie bei uns, wo bei acht Leuten immer einer auf's Klo muss." Daraufhin meinte ich lakonisch: „Dann werde ich doch Lokführer!"

Der Herr Dekan

Dekan Wilhelm Heffele war Konrad Adenauers Jahrgang 1876, wurde 1901 zum Priester geweiht und war seit 1915 Pfarrer in Stadtbergen. Als wir ihn im Unterricht erlebten, war er schon 74 Jahre alt. In diesem Alter wäre heute kein Pfarrer mehr bereit oder auch in der Lage, sich in die Schule zu stellen. Wir damals waren ziemlich brav und wussten unseren alten Herrn Dekan zu nehmen. Der Pfarrer roch sehr intensiv nach Zigarren. Das fiel mir, der aus einer Nichtraucherfamilie stammte, sofort auf. Er kam nie im Anzug, sondern immer in seiner langen, schwarzen Soutane. In dieser war ein Futteral für einen Rohrstock eingenäht, der den Kosenamen "Bullibeiß" trug.

Es sah so aus, als ob Herr Pfarrer während des Unterrichts die Arme vor sich verschränken würde, aber das war nur Tarnung. In Wirklichkeit führte er die rechte Hand in die Soutane hinein zum Stockende und hielt dieses für uns stets griffbereit fest. Wenn nötig, riss er den Stock aus der Soutane hervor und ließ ihn auf den vermeintlichen Übeltäter unter wüsten Beschimpfungen herniedersausen, oder, der Herr Dekan hielt mit der linken Hand den Katechismus oder ein Vorlesebuch vor die Brust. So blieb für uns Kinder die ausziehbereite rechte Hand verdeckt. Wurde der "Bullibeiß" aktiviert, war das meist eine Riesengaudi, denn der Herr Pfarrer haute wahllos dem ersten Besten in seiner Nähe eine drauf. Der Getroffene schob seine Nachbarn einfach aus der Bank heraus und die Schläge trafen ins Leere. Wenn sich der Pfarrer beruhigt hatte, wurde der "Bullibeiß" wieder in sein dunkles Verlies gesperrt.

Wir Kinder mochten unseren Herrn Dekan gerne, daher musste der "Bullibeiß" auch nur selten zum Einsatz kommen. Oft bettelten wir den Pfarrer an: „Herr Dekan, a' G'schichtle!" „Wenn ihr Sappramenter brav seid's, dann lies i' euch nachher was vor!" Seine Geschichten waren echt toll. Er las z.B. aus dem "Hölzernen Bengele", aber auch von geheimnisvollen, nie aufgeklärten Todesfällen, von Scheintoten, die lebendig begraben wurden, deren Sargdeckel beim Exhumieren innen verkratzt waren. Uaa! ... Das war Hochspannung pur im Religionsunterricht. Der Besuch der Geisterbahn auf dem Plärrer war dagegen ein Kindergartenausflug. Problematisch wurde es für ihn, wenn wir schon bei der Begrüßung ein Geschichtle forderten. Das dauerte, bis er uns beruhigt hatte.

Dekan Heffele war für deftige Sprüche stets zu haben. Als wir ihm berichteten, dass die Achtklässlerin Elfi einen amerikanischen Freund poussierte und sich die Lippen an'gschmiert habe, meinte er lakonisch: „Dös isch doch mir Wurscht, von mir aus schmiert sich die d' Hintera o no a.!"

Nach unserer Erstkommunion saßen wir beim Sonntagsgottesdienst immer in den kleinen Bänken im Chorraum der Kirche. Unsere schönen Gewänder wurden für die Firmung zurückgelegt. Deshalb trugen wir auch sonntags gerne Lederhosen. Das gefiel dem Herrn Dekan überhaupt nicht. Drum rief er uns von der Kirchenkanzel aus zu: „Und ihr da vorn mit eure lederne Pfurzkäschta braucht's net moina, dass ihr so zur Kommunion geha könnt's!" Die Anweisung hatte jeder verstanden und in der Kirche brach vor allem bei den Erwachsenen große Heiterkeit aus.

Im Monat Mai fanden in unserer Pfarrkirche regelmäßig Maiandachten statt. Am Ende der Sonntagsmesse verkündete Herr Dekan: „Am näxschta Sonntag isch bei uns um 18 Uhr Maiandacht. Zur selben Zeit findet au die Kobelwallfahrt der Frauen statt. Aber dass ihr mir net da alle 'naufspringt's! Unsere Madonna isch genau so schöa wia dia da doba!"
Wir Kinder freuten uns, wenn wir den Herrn Dekan auf der Straße trafen. Man sagte: „Gelobt sei Jesus Christus" und reichte ihm die Hand. Dann durfte man neben ihm hergehen. Da kam man sich gleich ein wenig besser vor. Nur beim Herrn Dekan musste man bei allem Gefühl der Heiligkeit auf der Hut sein: Ohne Vorwarnung schnäuzte er unter Verzicht auf sein Taschentuch, einfach Daumen und Zeigefinger an die Nase, zur Seite. Wenn man da nicht drauf gefasst war, konnte es einen leicht erwischen.

In seinem jahrzehntelangen Bemühen, seine Stadtberger dem Himmel zuzuführen, bewies er Beharrlichkeit, manche behaupteten auch, er sei dabei recht stur gewesen. Dies hat uns jedenfalls unser Hausherr Adolf Schuster (Jahrgang 1906) berichtet, der den Dekan in seiner Kindheit auch schon erlebt hatte.
Als 14-jähriger Bub war mit dem Fahrrad auf dem Weg von Deuringen hinunter nach Stadtbergen. Damals gab es nur einen schmalen Feldweg, der links und rechts durch hohe Grasnarben eingegrenzt war. Das Rad hatte noch keine Rücktrittbremse und gewann ungebremst bergab rasend an Fahrt. Plötzlich bemerkte der Junge, dass ihm eine dunkle Gestalt mitten auf dem schmalen Weg

entgegenkam. Es war der Herr Pfarrer Heffele, der zu seinen Schäfchen nach Deuringen hinaufspazierte. Der Junge schrie: „Hilfe, Hilfe, aus der Bahn, i kann net bremsa!" Die Hilferufe wurden von dem Priester ignoriert, der Bub musste mit seinem Rad ausweichen und stürzte in ein Weizenfeld. Nun war das Radl hin, die Knie waren aufgeschunden! Humpelnd und enttäuscht schob er sein Fahrrad heim und wich in Zukunft dem Herrn Pfarrer samt seiner Kirche aus.

Maler Knöpfle hat Hochkonjunktur

Ende April 1949 sollte ich zur Erstkommunion kommen. Unsere Mutter meinte daher, es wäre höchste Zeit, die Küche zum bevorstehenden Fest tünchen zu lassen. So abgewohnt, wie sie war, könne man sie keinesfalls lassen. Malermeister Knöpfle, der nur unweit von uns seinen Betrieb hatte, wurde mit dieser Aufgabe betraut. Alsbald erstrahlte unsere Küche in frischem Weiß und die Mutter gab die Devise aus, wir sollten alle darauf achten, dass dies wenigstens bis zur Erstkommunion so bleibt. Dabei schaute sie vor allem meinen Bruder Dietmar und mich an, weil wir zu gerne im Küchenherd Papier verbrannten oder feuchtes Holz nachlegten, was je nach Wetterlage zu heftiger Qualmbildung führte. Dicke Rauchschwaden quollen dann aus allen Ritzen des Ofens und schwärzten die Decke! Also Hände weg vom Herd! Wir versprachen es.

Ein paar Tage darauf war großer Waschtag. Dietmar und ich waren daheim. Wegen Windpocken mussten wir das Bett hüten und vertrieben uns mit Kartenspiel die Langeweile. Ab und zu schauten wir in die Küche um etwas Essbares zu finden, und da war ja noch der Küchenherd, der zum Zündeln einlud! Aber halt, wir hatten ja versprochen, davon Abstand zu nehmen! Bevor Tante Rosa in die Waschküche abtauchte, stellte sie noch den berühmten Topf Sauerkraut mit Schweinebauch auf den Herd. So konnte unser Mittagessen ohne Aufsicht vor sich hinköcheln. Auf dem Wasserschiffchen des Herdes stand ein kleines, silbernes Döschen, das unsere Neugier erregte. Wir versuchten mit einem Schraubenzieher den Deckel aufzudrücken, um zu klären, was da drinnen sei, hatten aber keinen Erfolg dabei.
Bald kam Tante Rosa aus dem Keller, um nach dem Kraut zu sehen. Sie glaubte, brenzligen Geruch wahrzunehmen und fragte mit energischem Unterton: „Habt ihr schon wieder gezündelt?" Ihr Misstrauen war zwar verständlich, diesmal konnten wir ihre Frage ehrlich verneinen. Da bemerkte sie, dass die Dose nicht mehr an ihrem Platz auf dem Wasserschiffchen stand und meinte: „Lasst mir ja das Döschen in Ruhe und stellt es nicht auf den Herd. Da ist Leim drinnen und wenn der kocht, kann es explodieren und dann – wehe euch!" Wir versprachen treuherzig, nichts anzustellen, wo doch die Küche so schön gemalen sei.
Ob uns die Tante geglaubt hat, weiß ich nicht. Sie stieg jedenfalls wieder in den Keller zur Kochwäsche hinunter und Dietmar schob flugs das Leimdöschen in

Richtung Herdmitte. Dann zogen wir uns in die Betten zurück, ganz sicher, dass die Warnungen unserer Tante nicht nötig waren, weil wir selbst mit vereinten Kräften den Deckel nicht abheben konnten. Was sollte da schon passieren? Zwischendurch sahen wir in der Küche nach dem Rechten. „Was die Tante nur hat," erklärte Dietmar, „die Dose ist doch vollkommen ungefährlich!" Seelenruhig setzten wir unser Spiel fort. Doch das Leimdöschen ließ uns keine Ruhe. Bald trieb uns die Neugier wiederum aus dem Bett. Als wir in die Küche kamen, hörten wir ein leises Brutzeln aus dem Döschen. Dietmar schob es mit einem Löffelstil über die Herdplatte zu sich heran. Zu mehr kam er nicht. Rums! Mit einem lauten Knall explodierte die Dose. Der Dosendeckel wurde zur Decke geschleudert und blieb dort hängen. Eine braune, heiße, klebrige Masse tropfte von oben herab. Die Wände waren braun gesprenkelt. Mit einem Schrei verschwand Dietmar in sein Bett. Er hatte einige siedende Leimspritzer abbekommen. Ich schrie aus Sympathie gleich mit und tauchte ebenfalls unter die Kissen. Tante Rosa wurde von unserem Geschrei alarmiert. Sie stürzte in die Wohnung, sah die Bescherung und holte zuerst einen Schuhspanner hervor, der immer griffbereit im Schuhregal in der Küche lag. Damit verdrosch sie uns gehörig. Unsere Schmerzen hielten sich aber in Grenzen, weil wir die Schläge mit den Betten etwas abfangen konnten. Erst jetzt verarztete sie Dietmars Brandwunden mit einer Salbe. „So, der Dosendeckel bleibt an der Decke, bis eure Mutter von der Schule heimkommt. Die soll nur sehen, was ihr für saubere Früchtchen seid!"

Als unsere Mutter ihre frisch geweißte Küche in diesem üblen Zustand vorfand griff sie ebenfalls zuerst zum Schuhspanner. Wir riefen zwar: „Halt, die Tante hat uns schon geschlagen!" Das half aber nichts! Sie ignorierte unseren Hinweis und schlug erneut auf uns ein. Diesmal waren die Schläge äußerst schmerzhaft, weil wir keine Kissen dabei hatten. „Euch Lausbuben kann man keine fünf Minuten alleine lassen! Zur Strafe geht ihr morgen wieder in die Schule und habt dazu die ganze Woche Hausarrest". Diese Ankündigung vergrößerte unsere Schmerzen um ein Vielfaches und wir zogen uns weinend in unser Zimmer zurück. Dort trösteten wir uns gegenseitig mit dem Hinweis, wie ungerecht es doch auf der Welt zugeht, wo Kinder für ein Vergehen gleich zweimal geschlagen werden. Dieser Gedanke tat uns gut, weil wir uns dabei nicht mehr als Täter sondern als Opfer fühlten.

Grollend bestellte unsere Mutter am nächsten Tag Maler Knöpfle zum zweiten Mal. Wir aber brüteten gemeinsam darüber, was wir der erlittenen Schmach entgegensetzen könnten. In unserer Wut fiel uns jedoch nichts Gescheites ein, außer, dass wir, sobald wir wieder gesund wären, ganz weit weglaufen wollten. „Dann haben sie ihre Schuld!" brummte ich vor mich hin.

Ein paar Wochen später kam unseren Rachegelüsten der Zufall entgegen und das ganz ohne unser Zutun. Am Osterdienstag, kurz vor dem Weißen Sonntag wollte Tante Rosa zum Mittagessen Pfannkuchen mit Heidelbeerkompott machen. Darauf freuten wir uns natürlich. Heidelbeeren wurden damals in Bierflaschen mit Bügelverschluss eingekocht. Ein halber Liter Kompott war gerade die richtige Menge für eine Pfannkuchenmahlzeit. Ich war vormittags daheim und spielte, da es schon sehr heiß war, auf unserem Balkon. Ein Schlafzimmerfenster war zum Lüften in Richtung Balkon weit geöffnet.

Kurz vor zwölf Uhr hörte ich aus der Wohnung einen Knall. Ich ließ mich davon aber nicht irritieren. Was sollte schon sein? Das Leimdöschen gab es ja nicht mehr! Plötzlich tauchte Tante Rosa im Fenster auf. Sie war total mit Blaubeeren verspritzt, die Beeren klebten in den Haaren und an der Brille. Sie hielt ihre Arme in die Höhe wie der Lehrer Lämpel nach dem Brandanschlag und sagte: „Winfried, schau mal, was passiert ist!" Die frisch geweißte Küche war ein einziger blauer Sternenhimmel, von dem es süß herab tropfte. Der Boden, die Wände, Schränke und Regale. alles war blau! Man soll nicht glauben, wie viel Blau ein halber Liter Heidelbeerkompott ergibt! Die Tante verschwand im Bad um sich zu waschen, dann versuchten wir gemeinsam, den Boden aufzuwischen. „Ich habe den Flaschenbügel ganz vorsichtig geöffnet, aber das Kompott hat wohl durch Gärung einen solchen Druck aufgebaut, dass es explosionsartig zur Decke entwich. So ein Wahnsinn, die schöne Küche!" klagte Tante Rosa verzweifelt.

Ich hatte alle Mühe, meine Schadenfreude zu verbergen und bot mich an, sofort zum Maler Knöpfle zu gehen. So fröhlich und erleichtert bin ich selten den Oberen Stadtweg entlang gehüpft. Maler Knöpfle war sehr erstaunt, dass er zum dritten Mal unsere Küche weißeln sollte und meinte: „Ich glaube, es lohnt sich, wenn ich gleich bei euch einziehe!" „Schon möglich", gab ich zurück, „ein paar Flaschen Heidelbeerkompott haben wir noch in Reserve!"

Warum der Klaus nie mehr zum Beichten ging

Die Erstkommunikanten der 3. Klassen hatten fleißig ihren Beichtspiegel gelernt. Man musste die zehn Gebote kennen und die dazugehörenden Möglichkeiten benennen können, sich in ihren Bereichen zu versündigen. Und das natürlich auswendig. Das 6. Gebot wurde nicht in der Schule besprochen. „Dös losst's ihr euch dahoim erklära, was da los isch," meinte unser Pfarrer Dekan Heffele. Aber wer wollte darüber zu Hause sprechen. Also tappte man auf diesem Feld etwas ratlos umeinander. „Ich kann mir schon vorstellen, was es bedeutet: Ich habe Unkeusches getan, allein oder mit anderen. Ich habe neulich mit dem Egon auf einen Kuhfladen gebieselt. Da beichte ich halt das!" sagte ich zu meinen Kameraden. Die beneideten mich fast, weil ich schon etwas gefunden hatte, was beichtwürdig war. Aber auch das 8. Gebot brachte uns in Verlegenheit: Du sollst nicht Ehe brechen! Eine mögliche Sünde lautete hier: Hast du begehrt deines nächsten Weib? Tröstlich war, dass der Herr Dekan erklärte, man müsse nicht bei jedem Gebot eine Sünde beichten. Das 8. Gebot wollte ich daher auslassen. Da man dem Pfarrer bei der Beichte signalisieren sollte, dass man seinen Beichtspiegel gelernt hatte, musste man dann bei einer Fehlanzeige sagen: „Gegen das 8. Gebot weiß ich nichts!"

Kurz vor den Weihnachtsferien war es dann so weit. Freitagnachmittag, 14 Uhr, war der Termin für die erste Beichte angesetzt. Die Kirche war bitter kalt. Wir Erstkommunikanten stellten uns hintereinander auf, die Buben links, die Mädchen rechts. Die Viertklässler kamen eine Stunde später zum Beichten in die Kirche und schlossen sich hinter uns an. Dekan Heffele saß vorne links in der Beichtstuhlmitte, von einem lila Vorhang verdeckt, die Beichtlinge knieten nacheinander links oder rechts hinter einem Vorhang nieder, um hier ihre Sünden zu bekennen.
Herr Dekan hatte uns in der Schule freundlich erklärt: „Ihr braucht's vor dem Beichta koi Angscht haba, wer sich seine Sünda net saga traut, kann sie auf an Zettl schreiba und mir geba." Das gab für alle Fälle Sicherheit.

Der Klaus stand in der Reihe vor mir. Er wirkte seltsam gelassen. Je kürzer die Reihe vor dem Beichtstuhl wurde, desto unruhiger wurde ich. Aber der Klaus? Keine Spur von Aufregung! Endlich kamen wir dem Ereignis der Erstbeichte ganz nahe! Unsere Füße und Hände waren vor Kälte schon starr. Die Feuchtigkeit des Atems schlug sich auf unseren Nasenflügeln nieder und bildete kleine Tröpfchen, die man immer wieder mit dem Jackenärmel wegwischte oder hochschniefte. Jetzt endlich war der Klaus dran. Er trat ganz selbstbewusst in den Beichtstuhl ein, kniete nieder und zog den lila Vorhang hinter sich zu. „Mensch, der Klaus, der hat Mut!" dachte ich. Noch mehr Bewunderung empfand ich, als er plötzlich seine Hand mit einem Zettel hinter des Pfarrers lila Vorhang verschwinden ließ. „So ein Hundling, der Klaus! Hat immer gesagt, dass ihm das Beichten nichts ausmacht. Und jetzt arbeitet er mit einem Zettel!"

Plötzlich kam in den Beichtstuhl Bewegung. Es rumpelte und polterte! Der Herr Dekan riss seinen Vorhang zur Seite, zerrte den armen Klaus aus dessen Abteil heraus, watschte ihn kurzerhand ab und brüllte: „Ja du Hurabua, du nixiger, du hosch dein Beichtschpiegel net g'lernt! Jetzt stellsch du di hinta a, dann hosch Zeit, dein Beichtschpiegel zum lerna!"

Aber oh je, da standen ja schon die beichtwilligen Viertklässler. Klaus musste sich hinter ihnen anstellen und kam erst bei Dunkelheit von der Beichte nach Hause, völlig ausgefroren. Diese Beichte war seine erste und zugleich letzte. Das hat er mir auf einem Klassentreffen nach fast 60 Jahren glaubhaft versichert, - und wer wollte es ihm verdenken, nach dieser Erfahrung?

Erstkommunion 1949

Meine Mutter meinte, ich könnte schon in der 2. Klasse zur Erstkommunion gehen, also ein Jahr früher als meine Kameraden. Mir gefiel der Vorschlag, rückte der große Festtag auf diese Weise recht bald in greifbare Nähe. Unsere Mutter erteilte als Katechetin am Gymnasium Religionsunterricht und bereitete mich auf dieses Ereignis selbst vor.

Eines Tages musste ich aber beim Herrn Dekan im Pfarrhof antreten. Er wollte sich persönlich von meinem Wissensstand zu den wichtigsten Fragen aus dem Kommunionunterricht überzeugen. Da saß ich nun allein im düsteren Wohnzimmer des alten Pfarrhofs, denn die kleinen Fenster ließen auch bei Sonnenschein nur wenig Licht in den Raum. Herr Dekan zündete sich eine dicke Zigarre an, sog genüsslich den Rauch in sich hinein und blies ihn in weißen Kringeln in meine Richtung. Ich bewunderte die Rauchkünste des hohen Herren und blickte gespannt zu ihm hinüber. Fräulein Babette, die Schwester und Haushälterin des Pfarrers legte einen großen roten Apfel in die Bratröhre des behaglich wärmenden Kachelofens. Dort brutzelte er wohlriechend seiner Verwandlung in einen wunderbaren Bratapfel entgegen, während ich examiniert wurde. Die Fragen waren allesamt sehr wohlwollend: Wie alt meine Brüder seien, ob es mir in der Schule gefalle, ob ich mich auf die Erstkommunion freue, ob ich meinen Beichtspiegel gelernt hätte und ob ich meine täglichen Gebete verrichten würde. „Isch der Apfel scho' fertig?" fragte Herr Dekan seine Schwester, „dann kann i' mit der Fragerei aufhöra!" Sie bejahte, brachte mir Besteck und ich machte mich über den herrlich duftenden Bratapfel her. Während mir der Pfarrer zum Abschied mit der Hand über den Kopf strich, meinte er: „Du kasch scho' zur Erschtkommunion geha'!" Freudig sprang ich nach Hause!

Die Kleiderordnung für die Erstkommunion war vom Pfarrer festgelegt worden: Die Mädchen tragen ein weißes Kleid, weiße Handschuhe, einen Rosenkranz und das Gesangsbuch "Laudate" in einer weißen Hülle, die Buben tragen einen

schwarzen Anzug mit kurzer Hose und langen schwarzen Strümpfen, dazu das "Laudate" in schwarzer Hülle. Änderungen oder Ausnahmen von der Kleiderordnung wurden nicht zuge-lassen. Begründung: „So geht mer seit 45 Johr in Schtadtberga zur Erschtkommunion und so lang i do bin, bleibt dös o so!"

Für uns bedeutete diese Kleiderordnung, dass man zum Befestigen der Strümpfe entweder die verhassten Leibchen mit den Strapsen re-aktivieren musste oder mit einem Gummiband die Strümpfe am Abrollen hinderte. Dies war uns lieber.

In unserem Mehrfamilienhaus waren vier Wohnparteien und jede stellte einen Erstkommunikanten. Wir wurden alle bis zur Unkenntlichkeit herausgeputzt, jede Familie stellte den schönsten Kommunikanten des Hauses. Damals galt die Regel, dass man vor dem Empfang der Kommunion nüchtern bleiben musste. Es gab also kein Frühstück, ja nicht einmal einen Schluck Wasser. Selbst beim Zäh-neputzen musste man streng darauf achten, dass man sich beim Gurgeln nicht verschluckte um das Fest nicht zu gefährden.

Der 29. April 1949 war ein wunderschöner, sehr heißer Sonntag. Wir waren schon die letzten 14 Tage barfuß gelaufen, weil es so warm war. In den Gärten standen die Obstbäume in voller Blüte. Als die Glocken um 8.30 Uhr läuteten, verließ ich mit meiner Mutter und Tante das Haus in Richtung Schule. Hier ver-sammelten sich alle Kommunikanten in einem Schulsaal im Erdgeschoss. Mein Freund Alois war auch schon da. Er entdeckte mich gleich, hielt seine Kerze wie einen Degen vor sich hin und rief: „Komm, Muck, wir machen einen Fecht-kampf!" Eine geistesgegenwärtige Aufsichtsperson verhinderte das und stellte uns in der Reihe zum Abmarsch auf. Vor der Kirche mussten wir noch warten, bis endlich das feierliche Orgelspiel zum Einzug in die Kirche einlud. Unter der glei-ßenden Sonne und in unseren heißen Händen wurden die Stearinkerzen immer weicher und begannen sich bedrohlich zu neigen. Die Helfer, welche uns die Kerzen in der Kirche abnahmen hatten alle Mühe, sie senkrecht in die vorgese-henen Halterungen hineinzustellen. Der Gottesdienst war sehr festlich. Glück-lich verließen wir die Kirche und zogen im Kreise der Familie nach Hause. Tante Rosa hatte eine Karottentorte gebacken. Die schmeckte wunderbar. Ge-schenke gab es auch, darunter ein paar Geldgeschenke. Damit kaufte ich mir schon am nächsten Tag einen Lederfußball und ein blaues Fußballertrikot. Jetzt war ich der einzige Fußballer auf dem ganzen Oberen Stadtweg, der auch einen Ball besaß! Diese Tatsache machte mich plötzlich bei allen Buben der Umgebung sehr beliebt und ich genoss meine neue Bedeutung.

Der Muck hat einen Fußball!

Es sprach sich in unserer Gegend in Windeseile herum, dass ich mir von meinem Erstkommuniongeld einen echten Lederball gekauft hatte. Bald versammelten sich gleich nach dem Mittagessen nicht nur meine Schulfreunde und deren große Geschwister, sondern auch die Freunde meiner älteren Brüder unten vor unserem Haus und riefen: „He Muck, komm runter, wir wollen mit dir bolzen!" Meiner Mutter war die Schreierei sehr lästig. Sie öffnete unser Küchenfenster und teilte mit klarer Stimme der wartenden Menge mit, dass der Ballbesitzer leider erst Hausauf-gaben machen müsse und mit seinem Erscheinen auf dem Sportplatz nicht vor 16 Uhr zu rechnen sei. Da kehrte vor dem Hause wieder Ruhe ein. Alle vertrollten sich und warteten am "Sportse" auf mich.

Meine großen Brüder wären zu gerne zwar ohne mich, aber mit meinem Ball zum Spielen gegangen. Das unterband meine Mutter mit der Ansage: „Den Ball bekommt ihr nur, wenn Winfried damit einverstanden ist." Ich handelte mir dann bei ihnen Vergünstigungen ein, z.B. dass sie mich zum nächsten Oberligaspiel des BCA in das Stadion nach Oberhausen mitnehmen müssten oder dass sie mir bei den "Hausigs" (Hausaufgaben) helfen, damit ich schneller zum Bolzen gehen könnte. Meine Brüder waren dazu gerne bereit.

Sie wussten, je schneller sie die Verhandlungen mit mir hinter sich brachten, desto eher konnten sie den Ball nehmen.

Die Fußballmannschaften waren altersmäßig sehr breit gestreut. Ich war mit meinen knapp acht Jahren der Jüngste. Ein großer Johannes aus der Goethestraße, er war der Freund eines Freundes meines ältesten Bruders Bernhard, wurde schon 18 Jahre alt.

Dieses Altersgefälle war dem Spiel nicht immer zuträglich. Ich als Jüngster kam mir als Ballbesitzer sehr wichtig vor und trug dazu noch das blaue Fußballtrikot. Die meisten Kameraden bolzten in Lederhosen oder in alten kurzen Stoffhosen, welche die Kriegsjahre Dank guter Vorkriegsqualität überstanden hatten.

Da viele Spieler mir körperlich weit überlegen waren, hüpfte ich wie eine Spring-maus vor ihren Füßen herum. So traute sich keiner, fest auf den Ball zu hauen, in der Angst, er könnt mich anschießen oder gar verletzen. Das hätte von meiner Seite aus sicherlich Ballentzug bedeutet und das wollte niemand riskieren. Meine Brüder rieten mir, ich solle doch in das Tor gehen. Als Torwart wäre ich super, weil ich mit meinem blauen Trikot so toll aussähe. Auf diesen Tipp ging ich ein und zog mich in das Tor zurück. Nun konnten die Großen ungestört spielen. Dass jene Mannschaft, die mich als Torwart nehmen musste, das Spiel in der Regel verlor, wurde als kleineres Übel angenommen. Manchmal wurde ich auch so fest angeschossen, dass man mich durch einen größeren Jungen austauschen musste, weil ich einige Zeit brauchte, hinter dem Tor meine Schmerzenstränen einzudämmen.

Fanden die Fußballkämpfe auf der Sattelmayerwiese neben dem Schlaugraben statt, gab es in den Pausen auch was zum Essen. Gleich über dem Graben näm-lich hatte der Gärtner Michl Gemüse angebaut. Hier wuchsen Karotten, Kohlrabi, Wirsing, Rosenkohl und Blaukraut.

Dass Sport sehr hungrig macht, ist klar. Da viele von uns schon hungrig zum Spielen kamen, verdoppelte sich der Drang auf Nahrungsaufnahme. Wie Heu-schrecken fielen wir in den Pausen im Gemüsefeld ein, steckten uns die Karotten in den Mund oder bissen einfach in die Blaukrautköpfe hinein.

Einen Nachteil hatten diese "Rohkostpausensnacks", wie man heute sagen wür-de. Man bekam, weil man sie ungewaschen konsumierte, Würmer davon.

In Stadtbergen gab es seinerzeit noch keine Kanalisation. Die Versitzgruben mussten regelmäßig leergepumpt werden. Und wohin mit ihrem Inhalt? Natürlich als Naturdung auf die Wiesen und Felder – auch der Gärtnerei Michl!

Ja, Sport war auch damals schon sehr gesund, aber nur, wenn man auf frisches Gemüse verzichtete!

Unsere Sportarenen

Wir Kinder waren immer auf der Suche nach Wiesen und Plätzen um uns als Fußballer austoben zu können. Von uns absolut bevorzugt wurde der Sportplatz des TSV Stadtbergen an der Osterfeldstraße. Er war keine 100 Meter von unserem Haus am Oberen Stadtweg entfernt. Heute ist der Platz mit der Volksschule bebaut. Wenn der Platz vom Verein besetzt war, dann mussten wir auf die umliegenden Wiesen ausweichen. Das ging natürlich erst nach der Heumahd. Man traf sich also am "Sportse" (Sportplatz) oder hinter dem "Schlogse" (Schlaugraben).

Die Wiese über dem Schlaugraben erreichte man in der Verlängerung der Beethovenstraße über eine kleine Betonbrücke und gehörte dem Bauern Sattelmayer. Er hatte im Ersten Weltkrieg ein Bein verloren und trug eine Prothese. Wenn er auf dem Ochsenkarren über die Brücke polterte, dann hatten wir alle genügend Zeit, uns zu verdrücken. Ein Sprung über den Graben – und weg waren wir. Auf der sicheren Seite riefen wir ihm zu: „Sattelmayer legt drei Eier mit Verstand in den Sand, kommt der Geier, frisst die Eier, oh wie schreit der Sattelmayer!" Herr Sattelmayer war von unserem Gedicht nicht begeistert und versuchte, uns durch den Graben nachzukommen. In der Regel blieb er in der Böschung hängen und war somit chancenlos. Trotzdem musste man bei ihm aufpassen. In seinem Zorn warf er einem schon mal die Heugabel nach. Nur einmal erwischte er meiner Erinnerung nach unseren Spielkameraden Alois, lud ihn auf die Gabel und warf ihn im hohen Bogen in einen Brennnesselhaufen, der gleich neben der Brücke wucherte. Das Wehklagen war weit vernehmbar. Warum flüchtete der arme Kerl nicht mit uns durch den Graben sondern wollte sich unbedingt am Sattelmayer vorbei über die Brücke in Sicherheit bringen? Aufgrund seiner Erfahrungen wurde er nie mehr auf der Sattelmayerwiese beim Bolzen gesichtet.

Für unsere Mutter war der Sportplatz an der Osterfeldstraße recht günstig. Sie hängte einfach ein Geschirrtuch auf den Balkon als Zeichen dafür, das wir heimkommen sollten. Man konnte die Stimme schonen und brauchte nicht zu rufen. Wir versuchten immer wieder, das Tuch zu übersehen und schoben in der Folge unser zu spätes Heimkommen auf den wahnsinnig spannenden Kampf, der keinen Blick auf unserem Balkon zuließ.

Die Folge: Unsere Mutter glaubte das einfach nicht und es gab zwei Tage Ballsperre. Unser Kameraden konnten diese Strenge nicht fassen und riefen an den nächsten Tagen von der Straße zu uns herauf: „He, Muck, Dietmar, kommt's ihr bald und bringt's den Ball mit.!" Aber wenn wir auch noch so sehr murrten und Besserung gelobten, niemand kam runter und das Fußballspiel fiel aus.

Hinter dem "Schlogse" konnte man uns nicht mit Tüchern rufen, dafür war der Ball immer wieder in Gefahr, im Graben vom Wasser davongetragen zu werden. Der Schlaugraben führte als Überlauf der Ziegelstadelweiher öfters Wasser. Dann musste derjenige, der den Ball in den Graben geschossen hatte, ihn auch herausfischen. Dabei konnte man ganz schön baden gehen.

Ich weiß nicht, warum der Schlogse "Schlaugraben" heißt. Besonders schlau war der nicht angelegt, wie es sich bei verschiedenen Hochwässern, die Stadtbergen heimsuchten, zeigte. Vielleicht hatte die Namensgebung auch mit jenem legendären Stadtberger Humor zu tun, der besonders dann hohe Wellen schlug, wenn es feucht herging.

Familienbande

Für unsere Tante Rosa war das ganze Leben ihre Familie sehr wichtig. Daher hielt sie zu allen Geschwistern Kontakt. Immer wieder erzählte sie uns vom einfachen Landleben in ihrer Heimat, der Schlößlmühle bei Eichstätt, wo ihr Vater eine Mühle samt kleiner Landwirtschaft betrieb. Der Hof lag in einer Einöde etwa 2,5 Kilometer vom nächsten Dorf entfernt.
Meine Großeltern hatten insgesamt 16 Kinder, acht Buben und acht Mädchen. Von den Jungen starben einige schon in den ersten Lebensjahren. Mein Vater war der Älteste. Er und ein jüngerer Bruder fielen im 2. Weltkrieg, zwei Brüder kamen nach kürzerer Kriegsgefangenschaft heim. Von den Mädchen, meinen Tanten, lernte ich sieben kennen, eine Tante verstarb während des Krieges 1940. Die Tanten erreichte alle ein relativ hohes Alter und prägten über Jahrzehnte das Leben in unserer Großfamilie. Sie waren für uns gastfreundliche Anlaufstellen zu Verwandtenbesuchen.

Großvater Hierdeis führte auf seinem Bauernhof ein strenges Regiment. Ein Pfiff und alle Kinder sausten von überall her, um Vaters Anweisungen anzuhören und umgehend zu erledigen, sonst...
Die Tante lachte oft Tränen, wenn sie berichtete, dass sie als Kinder sich gegenseitig gerne Streiche spielten. So mischten sie unter das Gras, welches im Toiletten-häuschen wegen des Papiermangels bereit lag Brennesseln. Leider war der Vater die erste Person, die unbeabsichtigt dem Streich zum Opfer fiel. Wie von der Tarantel gestochen stürzte er aus dem Häuschen und führte einen Tanz auf, dass die Übeltäter sich angstvoll im Heustadel verkrochen. Erst als sich der Vater beruhigt hatte, trauten sie sich wieder in seine Nähe. Alle beteuerten ihre Unschuld, indem sie bestritten, absichtlich das Gras mit dem feurigen Blättern vermischt zu haben. „Da ist beim Grasrupfen höchstens zufällig etwas von den Brennesseln hineingekommen!" lautete die einhellige Erklärung der Kinder. Der Vater glaubte das zwar nicht, konnte aber auch kein Gegenteil beweisen. Daher ließ er die Sache auf sich beruhen, unruhig auf seinem Stuhl hin und her rutschend. Den Kindern gelang aber nur mit Mühe, ihre Schadenfreude zu verbergen.
Familienbindungen waren bei uns immer sehr wichtig. So war es kein Wunder, dass sich im Frühjahr 1949 Onkel Paul, der Gatte von Tante Stilla, einer Schwes-

ter unserer Tante, bald, nachdem er aus der Kriegsgefangenschaft entlassen wurde, bei uns zu Besuch anmeldete. Er war Eisenbahner und konnte kostenlos von München nach Augsburg fahren. Tante Rosa war ganz aufgeregt, hatte sie ihren Schwager 1943 zum letzten Mal gesehen. „Sein Zug kommt um 15.10 Uhr an, dann nimmt er die Straßenbahn nach Stadtbergen. Ihr könnt ja beim Fußball-spielen ab und zu schauen, ob ihr ihn seht und ihn zu uns heimbringen," meinte Tante Rosa." „Wie sollen wir ihn erkennen, wir haben ihn ja noch nie gesehen?" „Das ist ganz einfach, Onkel Paul ist sehr groß und schlank und hat eine große Hakennase, den könnt ihr nicht verfehlen!" war die Antwort. „Gut, wir können ja mal schauen," gaben wir zurück und verzogen uns auf den Sportplatz. Dieser lag an der Osterfeldstraße, wo heute die Stadtberger Volksschule steht.

Ich war im Tor und hatte den Weg fest im Blick, weil ich bei jedem Ball, der verschossen wurde sowieso zur Osterfeldstraße laufen musste. Plötzlich sah ich einen großen, schlanken Mann mit langem grauen Mantel und Skimütze auf mein Tor zukommen. Bei genauerem Hinsehen bemerkte ich die auffallend große Hakennase. Das musste Onkel Paul sein! „Hallo,
Onkel Paul!" Der Mann blieb verdutzt stehen und suchte nach dem Rufer. „Hier bin ich!" rief ich und sprang aus dem Tor ihm entgegen. „Dann musst du einer von den Hierdeisbuben sein!" sagte Onkel Paul, „wie hast du mich nur so schnell erkannt?" „Das war sehr einfach, Tan-te Rosa hat gesagt, wenn ein großer, schlanker Mann mit Hakennase vorbeikommt, dann sollen wir ihn ansprechen, dann bist es ganz sicher du!" Onkel Paul lachte und meinte: „Da siehst du, für was eine g'scheite Nas'n gut ist!" und machte sich mit mir auf den Heimweg.

D'r Elmi

Uns gegenüber am Oberen Stadtweg wohnten Oma Strohmayer mit Tochter Maria. Ihr Mann war Lehrer auf dem Lechfeld und zog erst später, als er in Augsburg eine Stelle bekam zu seiner Familie. Die beiden Söhne Eugen und Elmi standen in der Obhut von Oma und Tochter. Eugen passte altersmäßig zu meinen großen Brüdern. Er besuchte schon das Gymnasium und war Omas Sonnenschein. Sie sprach von ihrem „Eugendle". Elmi konnte bei seinen Damen weniger punkten, weil er es schwer hatte, sich an irgendwelche Regeln zu halten. Er war ein äußerst lebhafter Junge, den die Oma samt Tochter nur schwer bändigen konnten und das, obwohl er angeblich seit frühesten Kindertagen ein Herzleiden hatte.

Als Elmi in die Schule kam, fuhr ihn seine Mama sogar im Kindersportwagen die 200 Meter zur Schuberlschule. Wurde die gute Frau darauf angesprochen, meinte sie: „D'r Elmi hot's so auf'm Herz, der darf net zur Schul' loffa." Kaum hatte sie ihr Söhnchen aus dem Wagen gekippt, sauste dieser wie ein Derwisch im Schulhof herum. Natürlich kam nach dem Unterricht wieder das "Familientaxi" vorbei und brachte ihn schonend nach Hause.
Wir jüngeren Buben mochten Elmi gerne, weil er kräftig war und immer super Ideen hatte. Sein Unternehmungsgeist zog uns magisch an. Elmi war zudem in der Lage, mit Hilfe einer Peitsche einen kleinen Holzkreisel durchs Dorf zu treiben, eine Kunst, um die wir ihn alle beneideten.

Eines Tages trotteten wir mit ihm in Richtung Birzlewiese bei der Jahnstraße zum Fußballspielen. Da hörten wir aus dem Hause Strohmayer eine scharfe Stimme: „ Elmi, zurück, reinkommen!" Es war die Mama, die ihr Söhnchen heimbeorderte. Elmi blieb einen Moment stehen, ignorierte aber den Ruf der Mutter und sprang über den Gartenzaun in die Birzlewiese. Wir hüpften ihm nach und begannen unser Fußballspiel. Kurz darauf ertönte wieder ein Ruf: „Ja du Hundsbua, gehsch' du jetzt net sofort hoim!" Diesmal war die Stimme ganz nah. Die Mutter stand in roten Pantoffeln, grauem Stutzer und rotem Hut aufgeregt gestikulierend am Gartenzaun. Sie hatte sich für diesen 50 Meter Ausflug extra angezogen und war außer Atem. Wir riefen: „Elmi, dei Mama ruft dich, du sollst heim!" „So a' Scheiß', mitten im Spiel!" schimpfte er vor sich hin. Widerwillig brachen wir das Spiel ab und stapften mit Elmi und seiner Mama nach Hause.

Die ganze Kinderschar drängte sich in den Eingangsbereich vor der Wohnungstür und ich fragte arglos: „Kommt der Elmi gleich wieder raus?" „Na", antwortete die Mutter mürrisch, „der kommt heut nimmer raus, da könnt's ihr ganz sicher sei!!" Damit schob sie Elmi in die Wohnung hinein und warf die Glastüre scheppernd ins Türschloss.

Wir standen verdutzt in der Diele und warteten gespannt, was jetzt hinter der Türe passieren sollte. Keiner muckste sich, keiner verließ den Vorraum als ein scharfer Ton zu uns herausdrang. „Elmi, tu a' mol dei Hos' ra, jetzt gibts Schläg!" „Mama, warum denn, i' hab' doch nix g'macht!" schrie der Bub. „Bürschle, wenn du dös net woisch, dann kann i dir au net helfa!" tobte die Mutter und unter Elmis Wehklagen hörte man ganz deutlich mehrere Patscher. Entsetzt starrten wir uns an. Der arme Elmi! Schläge auf den nackten Po! Wir alle hatten ja Erfahrung mit Schlägen, aber so was! Niedergedrückt schlichen wir ins Freie hinaus. Zum Fußballspielen hatte keiner mehr Lust, unser Mitleid mit Elmi war zu groß.

Als wir uns am nächsten Tag wieder trafen, fragte ich: „ Du Elmi, was war denn gestern bei dir los, was wollte deine Mutter so dringend?" „Ich sollte noch Lesen üben," antwortete er kurz angebunden. „Und das hat so gepatscht?" Da schaute mich der Freund verlegen an und murmelte: „Das gibt noch Rache, das schwöre ich dir!" Und tatsächlich, die Rache kam etwa acht Jahre später.

Elmi, gerade mal sechzehn Jahre alt, poussierte in Badehose gleich hinter dem Gartenzaun in Strohmayers Garten seine etwa zwanzig Jahre ältere Freundin. Diese war nur mit einem knappen Bikini bekleidet. Fußgänger wandten sich irritiert ab oder blieben kopfschüttelnd stehen. Was für ein Skandal! Oma Strohmayer stand fassungslos am Fenster und betrachtete das Treiben des Enkels. Auf Nachfragen meinte sie nur: „Do ka' mer nix macha, d'r Elmi isch und bleibt halt d'r Elmi."

Vorsicht am Ziegelstadel

Stadtberger Kindern drohten in der Umgebung des Ziegelstadels oftmals Gefahren, hielt man sich hier doch in der Gegend von Deuringen auf. Dieser Ort gehörte zwar zur Pfarrei St. Nikolaus, schulisch waren die Deuringer selbstständig und besaßen eine zweiklassige Schule. Wir Kinder kannten uns nicht und beanspruchten einfach die Gebiete um den Ziegelstadel als unser Territorium. Wir wussten auch, dass man die Deuringer als "Schubladscheißer" verspottete.

Spielten wir hinter dem Ziegelstadel im Wäldchen oder suchten an den Weihern Kaulquappen und Salamander, dann kreuzten wir damit unwillkürlich das Spielareal der Deuringer. Entdeckten wir Kinder aus Deuringen im Wäldchen, zählten wir erst einmal, wie viele Gegner uns gegenüberstanden. Waren wir in der Unterzahl, mussten wir uns rasch und geräuschlos in Richtung Stadtbergen aus dem Staub machen. Waren wir in der Überzahl, dann wuchsen unser Mut und die Angriffslust. Unter ohrenbetäubendem Gebrüll des Spottverses: „Deuringer Schubladscheißer, Deuringer Schubladscheißer...!" verscheuchten wir unsere Feinde, bis sie sich nach Deuringen hinauf zurückgezogen hatten.

Die Sache konnte aber, wenn man nicht aufpasste auch schief gehen.
Wie man hörte, wurden Stadtberger Kinder von den Deuringern an Bäume gefesselt und abgewatscht. Solche Meldungen schlugen bei uns wie Blitze ein und ließen uns äußerst vorsichtig sein. Keiner wollte die Schande des Marterpfahles durch Deuringer Hand erdulden. Nein, nicht von dene "Schubladscheißer!" Das war Ehrensache!

Der Birzle-Bauer

Der Birzle-Bauer hatte seinen Hof neben dem Huber-Hof in der Bauernstraße 11a. Der Birzle war von großer, hagerer Gestalt, hatte einen dunklen Oberlippenbart und setzte sich als Kopfbedeckung ein Schiffchen auf, welches er aus seiner aktiven Militärzeit herübergerettet hatte. Wir Kinder kannten den Birzle-Bauern nur, weil er hoch zu Ross durch Stadtbergen ritt um nachzusehen, wer es wagte, auf seinen gepachteten Wiesen Fußball zu spielen.

Eine solche "Birzle-Wiese" befand sich in unserer direkten Nachbarschaft, Ecke Oberer Stadtweg/Jahnstraße. Sie war mit einem Holzzaun aus altersschwachen Latten eingefriedet. Manchmal hielt ein Lastwagen mit Holzvergaser davor. Der Fahrer hüpfte mit einem Beil aus seinem Führerhaus, schlug schnell ein paar Zaunlatten ab und warf sie in seinen Heizkessel. Dann fuhr er wieder ruckelnd davon. Das Herausbrechen von Zaunlatten hatten wir daher nicht nötig, wir konnten unser Spielparadies ganz ungehindert betreten. So bolzten wir friedlich mit unseren Nachbarkindern und niemand dachte an den Birzle-Bauern, war er doch erst am Vortag von einigen am Oberen Stadtweg gesichtet worden. Als Torpfosten dienten unsere Skimützen – und schon ging es los. Das Spiel hatte gerade erst begonnen, da ertönte ein Schrei: „Der Birzle kommt!" Wie der Leibhaftige übersprang dieser auf dem Ross den Zaun, die Peitsche schwingend und brüllend: „ Ihr Hurabuaba, ihr Hundskrüppel, ihr Sauhund, macht's mer mei ganze Wies' kaputt!"

Vom Peitschenknall elektrisiert zwängten wir uns wie Ratten durch die Löcher im Zaun und brachten uns in Sicherheit. Die Skimützen mussten wir in der Eile natürlich zurücklassen. Fußballfreund Eugen konnte leider nicht so schnell fliehen. Er war für damalige Verhältnisse schon etwas wohlgenährter und blieb an einem Schlupfloch hängen. Unter den Peitschenhieben des Bauern schrie der arme Kerl auf und warf sich mit seiner Leibesfülle so lange gegen den Zaun, bis die Lücke für ihn groß genug war und den Fluchtweg frei gab. Dabei zerriss seine Jacke. Große Fetzen hingen am Rücken herunter. Seine Oma jedoch war erfinderisch. Sie flickte die Jacke bald zusammen und nähte in ihrer Not einfach einen andersfarbigen Stoffrest auf den Rücken. Das brachte Eugen den Spitznamen „Fleckle" ein, wo immer er mit dieser Jacke auftauchte.

Als die kalten Wintertage hereinbrachen, suchte unsere Mutter nach unseren Skimützen. „Schaut doch mal, wo eure Mützen sind, ich kann sie nirgends finden. Vielleicht habt ihr sie in der Schule vergessen."

„Die brauchen wir nicht suchen, die hat uns der Birzle-Bauer unlängst weggenommen, als wir auf seiner Wiese gebolzt haben. Wie eine Jagdtrophäe hat er sie sich aufgesetzt und ist damit fortgeritten." „Dann holt sie euch bei ihm wieder ab, wenn ihr einen warmen Kopf haben wollt, ich kann euch keine neuen Mützen kaufen!" Wir aber gaben die Devise aus: „Lieber einen kühlen Kopf behalten, als dem Birzle die Mützen abbetteln!" Da konnte unsere Mutter nichts dagegensetzen.

Ein Opfer für das neue Fräulein

Wir bekamen in der dritten Klasse Fräulein Winter als Lehrerin. Sie war jung und sehr freundlich. Wir Buben verehrten sie, ein jeder wollte ihr etwas Gutes tun und durch Fleiß und Zusatzaufgaben gefallen, weil wir spürten: Unsere Lehrerin mag uns. Ihr zuliebe lernten wir so manches Gedicht oder schrieben Zusatzaufgaben.

Im Herbst 1949 plante unsere Klasse einen Wandertag. Es war noch schön warm draußen. Deshalb wollte ich wie die meisten meiner Kameraden barfuß zur Schule gehen. Im morgendlichen Familientrubel kochte sich unsere Mutter auf einem kleinen Elektrokocher, der am Boden stand, Kaffeewasser. Es sprudelte gerade richtig, als ich versehentlich mit dem Fuß gegen den Kocher stieß und das Wasser sich über meinen Fuß ergoss. Sofort entstand eine riesige Brandblase am Knöchel! Natürlich wandte man alle Hausmittel an, um meinen Schmerz zu lindern. Es war aber sofort klar, dass ich am Wandertag nicht mehr teilnehmen konnte. „Winfried, der Wandertag ist für dich gelaufen," meinte unsere Mutter. „Hier hast du 10 Pfennige, damit kannst du dir beim Bäcker Baindl ein Eis kaufen. Es soll bei Schmerzen Wunder wirken." Sprach's und verließ eilend das Haus, um selber noch rechtzeitig zur Schule zu kommen.

Ich aber humpelte noch vor acht Uhr zu meinem Fräulein Winter, um meine Brandwunden vorzuführen. „Armer Bub, du bist aber sehr tapfer, mit so einer Brandwunde läufst du sogar noch zur Schule, um dich abzumelden!" sprach die Lehrerin voller Mitleid und Bewunderung. Ihrer Worte taten mir sehr gut. Ja, unser Fräulein war ja so nett! Als meine Klasse zum Wandertag aufbrach, zog ich los und holte mir das Trosteis beim Bäcker Baindl ab. Und unsere Mutter hatte recht: Das Eis wirkte Wunder, die Schmerzen ließen augenblicklich nach!

Endlich bei den "Großen"

Zu Beginn des Schuljahres 1949/50 durften wir vom HJ-Heim in der Schubertstraße in das Schulhaus bei der Kirche St. Nikolaus hinaufziehen. Dort waren alle
Klassen ab der dritten Jahrgangsstufe untergebracht. Somit gehörten wir endlich zu den "Großen"! Der neue Schulweg meiner Freunde Egon und Gerhard,
genannt "Noge" und "Haktus" führte an unserem Haus vorbei. Deshalb hatten
wir einen Lockruf vereinbart, mit welchem sie mich jeden Morgen beim Abholen
rufen wollten. Meine zwei großen Brüder besuchten bereits das Gymnasium und
fuhren schon kurz nach sieben Uhr in die Stadt. Dietmar hatte seinen eigenen
Freundeskreis, mit welchem er den Schulweg teilte. Er war ja schließlich zwei
Jahre älter als ich und nicht unbedingt scharf darauf, mit dem kleinen Bruder
zu laufen. Ich selbst konnte bis zwanzig vor acht Uhr frühstücken. Wenn dann
vor dem Haus der Ruf: „Handividi!" ertönte, antwortete ich sofort mit: „Wadiwa-
di!" Allein wegen dieser Signalsprache wären wir heute dem Schulpsychologen
vorgestellt worden. Bei uns sagten die Nachbarn höchstens: „Da rufen sie sich
wieder, die Deppen!" Mit ihrer Ansicht konnte ich leben, war der Lockruf doch
einmalig, weil er nur mir gelten konnte! Ich ließ auf jeden Fall alles liegen uns stehen, packte meinen Schulranzen und den Kübel für die Schulspeisung mit Löffel
und stürzte die Treppen hinunter zu den wartenden Freunden.

Der gemeinsame Schulweg führte den Oberen Stadtweg hinauf an den Specker-
häusern vorbei. Diese wurden nach ihrer Besitzerin, der Specker Nandl, benannt.
Im ersten der beiden Häuser wohnte eine ältere Frau, deren Namen uns un-
bekannt war. Sie schaute fast jeden Morgen auf ein Kissen gestützt mit ihrem

weißen Spitz zum Fenster des
ersten Stockwerks hinaus und
beobachtete das Treiben auf der
Straße. Mit ihren offen getra-
genen schwarzen Haaren und
einer Warze auf der Nase wirkte
sie fast märchenhaft. Wenn sie
lachte, sah man große Zahnlü-
cken! An manchen Tagen blieben
die Fensterläden geschlossen.

Dann jaulten und winselten wir so lange vor dem Haus, bis der Spitz wütend die Fensterläden mit der Schnauze aufwarf und zu uns herunter bellte. Kurz darauf tauchte die Frau im Nachthemd am Fenster auf und riss ihren Kläffer zurück. Mit ihrer dunklen Stimme schimpfte sie hinter uns her: „So böse Kinder, tun nix, als mein Hund tratza!" Wir aber waren mit dem von uns ausgelösten Schauspiel sehr zufrieden und stapften der Schule entgegen.

Der Schulrat kommt...

Eines Tages kam unser Fräulein besonders hübsch zur Schule. Sie hatte sich neue Dauerwellen machen lassen, sogar etwas Rouge auf ihre Lippen aufgetragen und roch wie die Veilchen am Rande der Thujahecke in unserem Hof. Zudem ging sie unruhig vor der Tafel auf und ab und schaute dabei immer wieder zur Türe, als ob sie jemanden erwartete.

An uns gewandt meinte sie dann: „Kinder, es kann sein, dass wir heute hohen Besuch bekommen. Vielleicht kommt heute der Herrn Schulrat. Seid ja brav und benehmt euch, verstanden!" Wir hatten verstanden. Für unsere Lehrerin würden wir das Letzte geben, das war doch klar! Inzwischen steckte Herr Stiegele, unser Schulleiter den Kopf zur Tür herein und fragte: „Na, Frau Kollegin, ist alles in Ordnung? Er ist im Haus und kommt gleich zu ihnen!" Und schon wieder öffnete sich die Klassenzimmertüre und ein kleiner, untersetzter Herr mit ganz wenig Haaren auf dem Kopf trat ein. „Guten Morgen, Kinder, lasst euch von mir nicht stören. Mein Name ist Lampart. Ich bin Schulrat und will mal sehen, was ihr bei eurem Fräulein Winter schon alles gelernt habt!" Dann nahm er in der letzten Bank Platz und zog einen Schreibblock aus seiner Aktentasche heraus. Diese Bank wurde bei uns zwar "Eselsbank" genannt, blieb aber immer frei, weil unser Fräulein keine Esel unterrichten wollte. Wir ließen uns durch den Herrn Schulrat nicht stören, denn gelernt hatten wir bei unserer Lehrerin sehr viel, daran gab es keinen Zweifel. Wir meldeten uns fleißig und arbeiteten aufmerksam mit. Sogar jene Mitschüler, die nur selten durch gelungene Beiträge auffielen, wollten unbedingt drankommen und ihre Erkenntnisse mitteilen. Dies wusste Fräulein Winter aber zu verhindern. Bei einem Mitschüler aber, der sich andauernd meldete gab sie nach, doch der musste nur zur Toilette.

Als uns der Herr Schulrat nach zwei Stunden verließ, meinte er:
„Ihr habt ganz ausgezeichnet mitgearbeitet! Man soll gar nicht glauben, dass es in Stadtbergen so gescheite Kinder gibt." Da waren wir alle mächtig stolz, Stadtberger zu sein und Fräulein Winter stieg vor lauter Verlegenheit die Röte ins Gesicht. Es hatte wohl eben erst erfahren, dass wir so gescheit sind. Auf jeden Fall reagierte unsere Lehrerin auf diese Meldung umgehend: „Ihr habt heute keine Hausaufgaben!" Da waren wir ganz sicher, dass der Herr Schulrat unser Fräulein voll überzeugt hatte.

Fasching

Die Faschingstage wurden von uns heiß erwartet, hatte doch unser Schulleiter verfügt, dass alle Kinder am Faschingsdienstag maskiert in die Schule kommen dürfen. Ein Jubelschrei wanderte von Zimmer zu Zimmer unseres alten Schulhauses, je nachdem, wo diese wunderbare Meldung gerade eingeschlagen hatte. Aber, als was sollte ich mich maskieren? Man kaufte keine Faschingskostüme, dazu fehlte das Geld und die Auswahl war gerade nicht berauschend. Wollte man Indianer sein, dann konnte man im Dorf Gänsefedern für den Kopfschmuck sammeln. Die Mutter musste an die alte Hose ein paar Fransen annähen - und fertig war Old Shatterhand! Heuer wollte ich aber keinen Indianer machen! Auch Cowboy kam für mich nicht in Frage, obwohl die Zutaten leicht aufzutreiben waren. Man brauchte einen alten Hut und eine Weidenrute mit Schuhbändel oder Schnur für die Peitsche. So liefen in den Faschingstagen schon genügend Kinder herum. Nein, ich wollte etwas ganz besonderes machen!

Frau Weeger, die Mama meiner Mitschülerin Carola machte uns den Vorschlag, als Prinz und Prinzessin aufzutreten. Die Idee gefiel mir. Vom Sternsingen hatte ich noch eine goldene Krone im Schrank, Frau Weeger wollte für mich und ihre Tochter aus einem Stoffrest rote Samtjacken nähen. Für den Schleier war eine weiße Stoffserviette vorgesehen, die Schleppe, eine alte Gardine, sollte ich in würdevollem Abstand hinter Carola hertragen.
Als ich meine Prinzessin am Faschingsdienstag zur Schule abholte, war das Wetter saumäßig. Es schneite in dicken, großen Flocken, die unbefestigten Gehwege waren aufgeweicht, lehmig-schmierig. Damit die lange Schleppe nicht in den Schmutz fiel, hielt ich sie immer höher und vergrößerte gleichzeitig meinen Abstand zur Prinzessin. Dadurch spannte sich das lange Ding. Ich hatte keine Ahnung, wie Frau Weeger die Gardine am Rock ihrer Tochter befestigt hatte und trottete in gebührendem Abstand hinter Carola her. Schon auf dem Weg zur Schule hörten wir von der anderen Straßenseite her beifällige Äußerungen: „Mei, so ein schönes Prinzenpaar!" oder „Nett sehen die beiden aus, gell!"

Mit stolz geschwellter Brust kamen wir der Schule näher. Doch da rief plötzlich jemand: „Herr Prinz, halt' die Schleppe tiefer, man sieht ja die Unterhos' der Prinzessin." Das durfte nicht sein! Ich schloss sofort zu Carola auf. Dabei fiel die

Schleppe in den Dreck, wurde nass und unansehnlich. In der Schule angekommen, machte unsere Lehrerin das Teil vom Rock ab und Carola wickelte es zu einem feuchten Bollen zusammen. Da wir konkurrenzlos waren, wurden wir von unseren Mitschülern auch ohne Schleppe zum schönsten Prinzenpaar gewählt. Wir freuten uns über unseren gelungenen Aufzug, der Fasching war für dieses Jahr gerettet.

Am "Schlogse" (Schlaugraben)

In den letzten Häusern der Schubertstraße, gleich nach dem ehemaligen HJ-Heim, unserem damaligen Schulhaus wohnten meine zwei Schulfreunde Egon und Gerhard. Egon ließ seinen Namen lieber rückwärts, also "Noge" rufen, Gerhard trug den Spitznamen "Haktus".
Beide Freunde lebten in intakten Familien, ihre Väter waren heil aus dem Krieg zurückgekommen. "Noge" hatte einen älteren Bruder, "Haktus" war Einzelkind. Egon ließ mich immer wieder erfahren, wie schön es ist, einen Vater zu haben. Er nannte seinen Papa liebevoll "Hutu" und begrüßte ihn immer sehr herzlich, wenn er abends von der Arbeit kam. Da spürte ich ganz deutlich, dass mir der Krieg durch den Tod meines Vaters etwas ganz Wertvolles genommen hatte...

Neben den beiden kleinen Einfamilienhäusern meiner Freunde stand in der Nähe des Schlaugrabens noch eine Baracke. Das war die Werkstatt von Schreinermeister Köhler, der hier mit seinem Lehrjungen arbeitete. Der Schlaugraben zog uns zu allen Jahreszeiten magisch an. War nur ein Rinnsal drinnen, stauten wir es mit Steinen und Lehm auf, um unsere Rindenboote auf dem entstandenen Stausee schwimmen zu lassen. War der "Schlogse" ausgetrocknet, diente er uns als gutes Versteck.

Unter der Brücke am Ende der Beethovenstraße zogen wir uns zu ersten
Rauchversuchen zurück. Die "Großen"
hatten uns berichtet, dass vor allem
getrocknete Huflattichblätter zum
Rauchen geeignet seien. Wir teste-
ten diese bis zum Erbrechen. Köhlers
Schreinerlehrling diente der trockene
Schlaugraben zu anderen Zwecken
als Versteck: Offenbar gab es in der
Schreinerei keine Toilette. Also ver-

richtete der arme Kerl seine Notdurft im Schlaugraben und deckte diese mit Sägmehl zu. Unser Spottvers lautete daher für ihn:
„S' Schreinerle von Welda hot d'Arsch voll Spälda!" Der Lehrling war zwar nicht aus Welden, aber für einen guten Reim wurde die Wahrheit einfach gebeugt.

Stieg im "Schlogse" das Wasser nach kräftigen Regenfällen an, erwachte unser Sportsgeist. Im Wettkampf hüpften wir über den Graben. Verlierer war, wer ins Wasser fiel. Das war äußerst unangenehm und wurde daheim mit Hausarrest geahndet. „Du hast das Haus sauber verlassen und kommst wie ein Schwein heim. Das Dreckszeug kannst du selber auswaschen!" schimpfte Tante Rosa. Sie war ja für die Wäsche zuständig und litt wegen fehlender Waschmittel besonders unter dem Schmutz.

Bei Hochwasser füllte sich der Graben randvoll mit gelbbraunen Fluten. An Spielen war vorerst nicht zu denken. Mit neugierigem Interesse beobachteten wir die Naturgewalten und staunten, was aus unserem "Schlogse" geworden war: ein wildreißender, brodelnder Bach, dessen Fluten über den Rand schwappten. Bei schönem Wetter konnte man auf den anliegenden Wiesen bolzen oder auf Hasen- bzw. Rebhuhnjagd gehen. Wir waren dabei nie erfolgreich, aber spannend war es trotzdem.

Als die Amerikaner begannen, ihre Golfplätze zwischen Stadtbergen und Leitershofen anzulegen, wurden alle Hecken und Büsche entfernt. Somit verschwand der Lebensraum der Tiere und damit unser "Jagdrevier". Das Spielparadies wurde um eine Attraktion ärmer.

Begegnungen mit dem Tod

Die Aufteilung Stadtbergens in Alt – und Neustadtbergen brachte es mit sich, dass die politische Gemeinde in zwei Kirchengemeinden aufgeteilt wurde. In der Pfarrei St. Nikolaus in Altstadtbergen residierte Dekan Wilhelm Heffele seit 1915, die Gemeinde Neustadtbergen erhielt als Pfarrer Herrn Expositus Hintermeier. Bis zur Fertigstellung der Kirche Maria Hilf im Jahre 1953 diente den Neustadtbergern St. Michael in Pferrsee als Pfarrkirche.
Obwohl von der Wohnlage her der Pfarrei St. Nikolaus zugehörig, fühlte sich unsere Mutter mehr zur Kirche St. Michael hingezogen, weil Pfarrer Hintermeier schon seit 1937 mit meinem Vater befreundet war und die Mutter seine guten Predigten und die sorgfältig vorbereiteten Gottesdienste schätzte. Ich hatte dafür kein Verständnis und bevorzugte die St. Nikolauskirche, weil sie so nahe und daher schnell erreichbar war.

Nach meiner Erstkommunion 1949 fühlte ich mich erst recht zu dieser Kirche hingezogen, denn dahinter lag der Friedhof mit Leichenschauhaus. Die Verstorbenen wurden im offenen Sarg zur Schau gestellt. Das war höchst interessant für uns, auch wenn es uns beim Anblick der Verstorbenen mitunter recht mulmig im Bauch wurde. War damals in Stadtbergen jemand verstorben, so verkündete dies vom Kirchturm die "Scheideglocke". Nach der Schule statteten wir dem Leichenschauhaus gleich einen Besuch ab. Totengräber Waal war dabei, eine neue Grube im Friedhofsgelände auszuheben. Er rief uns zu: „He, Buaba, wollt's ihr amol an Totakopf seha. I' hab' grad oin ausg'hoba. A paar Boiner san o dabei. Wenn ihr wollt's, könnt's ihr euch a paar Knöchala mitnehma!"

Das wollten wir natürlich nicht, aber gruselig war es schon, einen Blick auf die zukünftige Vergänglichkeit zu werfen. Weil Herr Waal uns mochte, erzählte er uns seine Anekdoten zu den einzelnen Verstorbenen in den Gräbern. Schließlich hatte er schon unzählige Stadtberger bestattet. Der Friedhof war seine Welt und wir durften daran teilhaben. Einmal stieß er beim Ausheben eines Grabes auf einen intakten Sarg. Herr Waal rief aus der Grube herauf: „Wollt's ihr die Leich' no a mol seha, dann trapp i a bissele feschter auf den Deckel nauf.!"
„Na, na, lieber net," riefen wir ihm zu, „sonst träumt's uns davon!" und sausten auf schnellstem Wege nach Hause.

Fand eine Beerdigung nach Schulschluss statt, trieb uns die Neugier erst recht auf den Friedhof. Da standen wir mit dem Schulranzen bestückt unter den Trauergästen und nahmen Anteil am Schmerz der Angehörigen. Schulkameradin Carola und ich reihten uns sogar unter die Trauergäste ein, um ihnen unser herzliches Beileid auszusprechen.

Wir wussten eben, was sich auf dem Friedhof gehört...

Bilderstürmer

Für jeden Fußballer der Süddeutschen Fußballoberliga gab es schon damals ein Bildchen. Kaufte man ein Pfund Quieta Grün oder Gold, das war einfacher Malzkaffee oder ein mit Bohnenkaffee aufgewerteter, dann fand man unter dem Deckel zwei "Fußballbildchen". In einem Sammlerheft zur aktuellen Spielzeit wurden die gefundenen Portraits der Spieler den Mannschaften zugeordnet und eingeklebt.

So ähnlich sammeln die Kinder noch heute die Bilder ihrer Idole, nur nicht mehr aus dem Quietakaffee, den gibt es seit Jahren nicht mehr. Es dauerte sehr lange, bis man die Mannschaften beieinander hatte, konnte es einem doch passieren, dass man in einer neuen Kaffeepackung die gleichen Bilder wiederfand und das war sehr ärgerlich. Bei allen Bekannten wurde um Fußballbildchen gebettelt oder man bat sie, mit ihrer Geschmacksrichtung auf den Quietakaffee umzuschwenken, uns Bildchensammlern zuliebe. Hatte man Portraits doppelt, dann wurde vor oder nach der Schule getauscht. Das Tauschen während des Unterrichts war zu gefährlich, weil man, wenn man entdeckt wurde, alle Bildchen abgeben musste und sie erst zum Schuljahresende wieder zurückbekam. Da war die Spielzeit auch vorbei!

Unser Mitschüler Wolfgang war als Tauschpartner besonders stark umworben Er hatte die begehrten Bildchen gleich päckchenweise in der Hosentasche und zeigte uns stolz, was unseren Alben noch zur Vollständigkeit fehlte.

Das war keine Kunst, denn er hatte einen Onkel, der bei Quieta arbeitete und seinen Neffen daher mit den Bildchen versorgen konnte. Tauschen wollte Wolfgang aber nicht mit uns und das empfanden wir als sehr gemein: Erst einen heiß machen und Begierden wecken und dann der Rückzug!

Fordernd redeten wir auf Wolfgang ein: „He, sei nicht feig und tausche!" Dabei hielten wir ihm unsere doppelten Bilder unter die Nase. „I' darf net tauschen, sonst kriegt mein Onkel bei der Quieta Probleme!" „Warum bringst du dann deine Bildchen überhaupt mit, du Angeber!" schrie einer und haute ihm mit der Faust auf die Hand, dass das ganze Päckchen auf den Boden fiel. Wir stürzten uns darauf und verschwanden mit den Bildern. Wolfgang rief uns nach: „Bringt's die Bildla zurück, sonst krieg ich dahoim Schläg'!" Diese Ankündigung war uns ziemlich Wurst. Wer so viele Fußballbildchen besaß, konnte nicht mit unserem Mitleid rechnen.

Balogh mit Sterbekreuz

Einmal hat uns der Wolfgang echt aus der Patsche geholfen:
Ein Spieler des SSV Reutlingen, Ernst Balogh, war durch einen Verkehrsunfall
um's Leben gekommen. Ab diesem Zeitpunkt befand sich im Quietakaffee sein
Portrait mit Sterbekreuz. Aber, wie sollten wir daran kommen? Auf einen Zufall zu
warten machte keinen Sinn. Also baten wir den Wolfgang um Mithilfe.

Und tatsächlich: Es gelang ihm, seinem Onkel zwei Bildchen abzuluchsen, eins
davon war für uns. Später suchte man bei uns daheim ganz verzweifelt ein
wunderschönes Fahrtenmesser mir Hirschhorngriff und Lederscheide. Ja von nix
kommt nix! Die Sache hatte jedoch ein Nachspiel. Unsere Mutter ließ mit der Suche nicht locker und fragte Dietmar und mich immer wieder nach dem Verbleib
des Messers. Es war wohl das Lieblingsmesser meines Vaters. Da mussten wir
endlich zugeben, dass Dietmar es für das Baloghbildchen mit Sterbekreuz beim
Wolfgang eingetauscht hatte.

„Ihr seid wohl total verrückt, tauscht Vaters Fahrtenmesser gegen ein Fußballbildchen mit Sterbekreuz. Her damit! Der Tausch wird rückgängig gemacht!"
Mutter zog mit unserem "Balogh" los, schnurstracks zu Wolfgangs Mutter. Diese
fand auch, dass der Tausch einen unverhältnismäßig hohen Preis hatte und be-
fahl ihrem Sohn, das Messer herauszurücken. „Das Bildchen dürfen sie selbstverständlich behalten!" Da kam unsere Mutter mit Balogh und Messer nach Hause.

„Seht, es geht doch!" meinte sie zufrieden und gab uns unseren Balogh zurück.
Wolfgang hatte seit diesem Tag keine Fußballbildchen mehr dabei.

Der Fredl

Der Fredl war ein gemütlicher, netter Klassenkamerad, auf dessen Freundschaft ich immer zählen konnte. Vielleicht mochte er mich, weil ich mit ihm den Beicht-spiegel vor der ersten Beichte geübt hatte. Damals kam er ganz genervt zu uns nach Hause und bat mich, mit ihm den Beichtspiegel durchzugehen. Die große Auswahl an Geboten und die damit verbundenen Sündenregister brachten ihn ganz durcheinander. Er hatte daher große Angst vor der Erstbeichte und ließ sich willig von mir auf unserem Balkon abfragen. Schließlich hatte ich mit dem Beichten schon Erfahrung, da ich schon im Vorjahr zur Erstkommunion und da-mit auch zur Erstbeichte gegangen war. Fredl spendete mir für meine Mühen 10 Pfennige, die ich beim Bäcker Baindl in zwei Bollen Eis umsetzte. Das war mein erstes selbst verdientes Geld!

Übrigens: Fredls Erstbeichte verlief störungsfrei. Der Herr Dekan war sehr zu-frieden und schenkte ihm ein Bildchen vom hl. Aloisius. Dieses ließ der Fredl wie eine Siegestrophäe in der Klasse herumgehen.
Ein Jahr später, es war ein kalter Wintertag und überall lag reichlich Schnee, musste der Fred total meine Dienste vergessen haben. Wir hatten Nachmittags-unterricht bei Herrn Hauptlehrer und waren gerade dabei, eine Geschichte vom heiligen Christophorus in unser schönes Aufsatzheft einzutragen. Herr Stiegele verlangte von uns beim Hefteintrag absolute Ruhe. Dennoch gab es immer wie-der Störungen, weil wir der Reihe nach zu ihm ans Pult heraustreten mussten. Während des Eintrags beobachtete ich den Fredl, wie er so tat, als ob er in die Hände spuckte, sich die Hände rieb und dabei grinsend auf mich deutete. Seine Kameraden in der Nachbarschaft schlossen sich den eindeutigen Handbewegun-gen an, t..t...t...t spuckten sie ebenfalls scheinbar in ihre Hände und zeigten dabei auf mich. Es war ganz klar, dass ich nach der Schule Watschen bekommen sollte. Warum mich der Fredl verhauen wollte, konnte ich nicht in Erfahrung bringen. Vielleicht sammelte er für seine nächste Beichte Material:
„Ich habe meine Kameraden zum Schlägern angestiftet!" oder so.

Es kann auch sein, dass dem Altstadtberger Fredl eingefallen war, dass ein Neu-stadtberger wieder einmal Schellen brauchte. Aber in meinem Falle hatte er die Grenze einfach um 200 Meter vorverlegt! So eine Gemeinheit!

Als ich mich in der Reihe zu Herrn Stiegeles Pult langsam vorarbeitete, flüsterte ich meinem Freund Egon leise zu: „Der Fredl will mich nach der Schule schlagen, ich brauche Hilfe!" Egon gab die Meldung an Gerhard weiter und der verständigte den Hopf Jürgen, der schon wegen seiner Leibesfülle ein Superkämpfer war. Einige Mitschüler signalisierten ebenfalls Hilfsbereitschaft. Als Herr Stiegele mit dem Glockenschlag vom Kirchturm der St. Nikolauskirche um 16 Uhr den Unterricht beendete, beteten wir gemeinsam:

Wir gehen aus der Schule fort,
Herr bleib bei uns mit deinem Wort
Und gib uns deinen Segen
auf allen unsern Wegen. Amen!

Den Segen wird der Fredl besonders brauchen, dachte ich mir. Als wir in den dämmrigen Wintertag hinaustraten, packten ihn meine Freunde wortlos am Schulranzen, schubsten ihn über die Bauernstraße und rollten ihn im Schnee das Postbergele beim Grünthaler mitsamt der Schultasche hinunter. Am Fuße des Berges wurde er vom Jürgen noch so lange mit Schnee eingeseift, bis Fred um Gnade flehte. Alles ging so schnell, dass Fredls Altstadtberger Freunde keine Chance zum Eingreifen hatten. Sie riefen nur: „Wartet ab, morgen seid's ihr dran, dann gibt's Schelln!" Ich selbst musste nichts tun, stand oben am Postberg und beobachtete die lustige Keilerei. Es geht eben nichts über ein paar gute Freunde!

Schon am nächsten Tag war aber alles vergessen und der Fredl war wie immer mein netter Kumpel.

Messe spielen

Der sonntägliche Kirchgang nach St. Michael oder St. Nikolaus war für uns obligatorisch. Meine Mutter nahm uns Kinder einfach mit, da gab es weder Aus - noch Widerrede Wenn wir dann heimkamen, gab es Frühstück und dann setzten wir im Spiel den Gottesdienst fort.

Ich weiß nicht mehr, von wem wir einen kleinen Hochaltar mit drehbarem Tabernakel und allem notwendigen Zubehör wie Leuchter, Kelch und Weihrauchfass bekommen haben. Auf jeden Fall stand dieser im Kinderzimmer auf einem Stuhl und diente uns zum Messespielen. Zwei Kännchen für Wein und Wasser holten wir aus dem Wohnzimmerschrank. Es waren kleine Schnapsgläschen, für die bei uns zu dieser Zeit niemand Verwendung hatte. Als hl. Brot dienten uns Tante Rosas Backoblaten, die von der Weihnachtsbäckerei übrig geblieben waren. Zudem hatte die gute Tante für uns aus verschiedenen Stoffresten Messgewänder genäht. Damit sahen wir unheimlich feierlich aus.

Jeder wollte gerne der Pfarrer sein, weil er dadurch über die Backoblaten verfügen durfte und so mancher Messfeier ging ein heftiger Streit voraus, wer denn heute der Pfarrer sei. Die anderen mussten sich mit der Rolle der Ministranten begnügen. Oft kam ich nicht darum herum, meinen Bruder Dietmar und unseren Freund Hans Jürgen zu bestechen, damit sie zum Ministrieren bereit waren. „Für drei Messen zahl' ich euch ein Zehnerle und außerdem 3 Backoblaten bei jeder Kommunionspendung." Manchmal nahmen die beiden mein Angebot an. Es kam auch vor, dass sie mitten in der Messfeier einfach abhauen und mich allein am Altar stehen lassen wollten, es sei denn, ich würde die Ration an Backoblaten erhöhen. Hier war man als Priester ganz in der Hand des Kirchenvolkes. Unsere Messen waren in der Regel sehr kurz, weil alle Beteiligten nur gierig auf die Kommunionspendung warteten. Die

Predigten waren ebenfalls kurz und bündig. Man bediente sich einiger gängiger Werbesprüche z.B. „Was ist des Abends schönster Schluss? Waldbauerschokolade, ein Hochgenuss!" Oder: „Ob jung, ob alt, ob Hos' ob Rock, sie alle trinken CEMA-Schok!" oder: „Der Lurchi kennt schon lang die G'schicht', Salamanderschuhe sind wasserdicht!" oder: „Der Erdal-Frosch bringt Schuhen Glanz, sie bleiben dadurch länger ganz!"
Manchmal mussten auch Schüttelverse in der Predigt herhalten wie z. B.„Gibst du dem Hund Sardellenbutter, frisst er sie nicht, doch bellen tut er!" Diese "Weisheiten" wurden lautstark verkündet und mit einem kräftigen "Amen" bestätigt.

Eines Tages besuchte uns eine Frau, deren kleiner Sohn unbedingt Priester werden sollte. Als sie unseren Hochaltar entdeckte, war sie ganz begeistert und redete sie so lange auf uns ein, bis wir dem Buben unseren Altar zum Üben überließen. Damit war das Messespielen für uns kein Thema mehr. Übrigens: Der kleine Junge erfüllte trotz des wunderbaren Übungsgerätes nicht den Berufswunsch der Mutter sondern ging zur Bundeswehr.

Neid und seine schmerzhaften Folgen

Unsere Hausleute hatten neben unserem Wohnhaus einen großen Garten, der durch ein Türchen vom Hof aus schnell erreichbar war. Im Garten befand sich ein Betonbunker. Er stand unserer Hausgemeinschaft bei Fliegerangriffen zur Verfügung. Ich selbst kann mich, da ich noch zu klein war nur an ein einziges Mal erinnern, dass wir im Bunker saßen. Der Garten war vom Hof aus durch Holzzaun und Thujahecke abgegrenzt. Hier standen große Apfelbäume, die im Herbst reichlich trugen.

Einmal saßen Erwin, der Sohn der Hausleute, mit seinem Cousin Heinz im Baum und halfen ihrer Oma beim Apfelpflücken. Vorsichtig wurden die Früchte in Körbe gelegt um sie dann zum Einlagern in den Keller zu bringen.

Hans Jürgen und ich bolzten im Hof herum, während der kleine Bruder von Heinz, er war etwa vier Jahre alt und nannte sich selbst Hansi Ala, immer wieder vom Garten in den Hof wechselte. Wir beobachteten mit neidischen Augen die Buben, wie sie im Baum saßen und Äpfel mampften. Ihre Schmatzgeräusche ließen uns das Wasser im Mund zusammenlaufen. Ich rief: „He, Leute, schmeißt uns doch auch einen Apfel herüber!" „Kommt schon!" lautete die Antwort, „fangt auf!" Sogleich warfen die beiden ihre Apfelbutzen über die Hecke und lachten dabei. Diese Aktion hat uns unheimlich gewurmt. Dazu kam, dass nun Hansi Ala aus dem Garten in den Hof tippelte um an den Zaun zu pinkeln. Hans Jürgen schimpfte: „Du Ferkel, kannst du nicht im Garten biesein?" Da drehte sich Hansi Ala um und erwischte mit seinem Strahl Jürgens Beine. Dieser scheuchte Ala in den Garten und schlug wütend das Türchen zu.

Bald darauf bemerkte ich, dass sich Ala schon wieder dem Gartentürchen näherte, um zu uns in den Hof zu gelangen. Das wollte ich aber verhindern und trat dagegen. Das Türchen schnellte zurück und knallte dem armen Kerl an den Kopf. Ein Schrei, der Bub fiel rückwärts in den Garten und blieb neben einem Brett, das zufällig im Eingangsbereich lag, jämmerlich klagend liegen. Hans Jürgen und ich verdrückten uns sofort ins Haus hinein, ein jeder in seine Wohnung. Dort verhielten wir uns ruhig. Es dauerte gar nicht lange, da verlagerte sich das Geschrei des Buben in das Haus hinein. Die Oma zerrte ihr brüllendes Enkelkind in die Küche und kühlte die rasch anschwellende Beule mit kalten Kompressen. Als aus dem Schreien ein Wimmern wurde, hörte ich Oma Schuster die Treppe hinauf stapfen. Ich erschrak mächtig, hatte ich doch Angst, sie würde gleich an unsere Wohnungstür klopfen. Zum Glück zog sie weiter in den zweiten Stock zu Familie Spiegel. Jürgens Mutter war meistens daheim, während Vater Spiegel nach München zur Arbeit fuhr und erst spät abends heimkam.

Da unsere Wohnungen sehr hellhörig waren, hörte ich Oma Schusters Geschimpfe über uns ganz deutlich. Der arme Jürgen bekam alles ab und schuld war doch ich! Leise schlich ich aus unserer Wohnung und betrat vorsichtig Spiegels Etage. Die Küchentür stand einen Spalt breit offen. Ich spähte hindurch und sah Jürgen weinend auf der Coach sitzen. Seine Mama war sehr wütend und hatte ihm wohl schon "Sänge" verabreicht. Dieses Wort stand bei der Rheinländerin für Schläge. Oma Schuster schilderte lautstark den Hergang des Attentats auf ihr Enkelkind: „Da hab' i' g'seha, wie der Jürgen dem Hansi mit dem Brett a' so auf d' Kopf g'schlaga hot!" Dabei holte sie weit über dem Kopf aus, um die Wucht des Niederschlags zu demonstrieren. Nun entdeckte sie plötzlich im Türspalt meine dunklen Augen und schrie: „Do isch ja der andere! Oder warsch' du's?!" Jetzt merkte Frau Spiegel, dass bei Oma Schusters Bericht etwas nicht ganz stimmen konnte und forderte mich auch, den Hergang der Geschichte zu erzählen: „Ich habe das Türchen aufgetreten, wovon Ala am Kopf getroffen wurde, das Brett lag nur zufällig herum," gestand ich mit zaghafter Stimme.

„Brett hin oder her, der arme Bua hot a' solchene Beule!" schimpfte die Oma und zeigte mit Daumen und Zeigefinger eine große Kartoffel. „Die Hurabuaba, die nixige, mei armer Hansi!" Zurecht aufgebracht verließ sie Spiegels Wohnung und stapfte die Treppen hinunter. Als wir wieder alleine in Spiegels Wohnung waren meinte Mutter Spiegel: „So, Jürgen, du hast jetzt einmal "Sänge" gut bei mir. Zur Linderung der Schmerzen mache ich dir heute Abend Pfannenkuchen und Winfried darf zum Essen raufkommen, weil er die Sache aufgeklärt hat." Diese Entscheidung gefiel mir.

Buße muss sein, aber wie?

Für Hans Jürgen war die Sache mit Hansi Ala und Oma Schuster noch nicht ganz gegessen. Er konnte einfach nicht verzeihen, dass er wegen ihrer Beschuldigungen zu Unrecht "Sänge" bekommen hatte. So sann er auf Rache. Dietmar und ich sollten ihn dabei tatkräftig unterstützen. Gelegenheiten dazu boten sich immer wieder.

Einmal wickelten wir Pferdemist zusammen mit einem kleinen Stein in Bonbonpapier und sagten ganz scheinheilig zu Ala: „ Hansi, bring' das Gutti der Oma!" Oma Schuster saß gerade in der Küche beim Kartoffelschälen. Hansi wickelte das Bonbon für die Oma am Küchentisch auf. „Hans, du Dreckloas, was machsch du!" schimpfte sie. „Dös isch doch a Gutti!" antwortete der Bub. „Hau bloß ab mit dei'm Gutti, sonst verzähl ich's dei'm Papa und dann gibt's Schläg'!" Nur gut, dass wir nicht als Urheber des ekelhaften "Bonbons" verdächtigt wurden.

Im Spätherbst holten wir Saurüben vom Acker, höhlten sie aus, schnitten wilde Fratzen hinein und ließen sie beleuchtet unter grausamen Geheule vor dem Schlafzimmerfenster von Hansi auf und ab tanzen. Sobald wir das Angstgeschrei des Jungen hörten, stellten wir unseren Spuk ein und verzogen uns lautlos. Oma Schuster hatte viel Mühe, den kleinen Schreihals zu beruhigen und wir waren zufrieden.

Bald fiel der erste Schnee. Hans Jürgen und Dietmar warfen Schneebälle durch das offene Schlafzimmerfenster. Als sich Oma samt Enkelkind schlafen legen wollte, fand sie die nasse Bescherung. Wütend stürmte sie zu unsere Mutter herauf und sprach ihren berechtigten Verdacht aus, dass die "Hurabuaba" ihr einen üblen Streich gespielt hätten. Unserer Mutter war das doch zu viel. Sie wurde stocksauer und Dietmar musste sich bei Oma Schuster entschuldigen. Hans Jürgen wurde von seinen Eltern verdonnert, sich dem Bußgang anzuschließen.
So läuteten die beiden am nächsten Tag nach der Schule bei Oma Schuster.
Die war wohl gerade beim Kochen und öffnete die Wohnungstüre mit der Bratpfanne in der Hand. Noch ehe einer der beiden eine Entschuldigung hervorstammeln konnte, schlug sie jedem mit der Pfanne auf den Schädel, dass er nur so brummte. Dietmar kam mit einer Beule auf dem Kopf von seiner Entschul-

digungstour zurück. Dies war für unsere Mutter Grund genug, ihre Erziehungs-
maßnahmen zu hinterfragen. Sie fand, dass Reue und Buße zwar zusammen-
gehören, wenn aber die Buße mit der Bratpfanne vollzogen wurde, fand sie die
Sache nicht nur theologisch sehr fragwürdig.

Auf jeden Fall schickte sie in Zukunft keinen mehr von uns zum Entschuldigen.
Uns war's recht!

Lockvögel

In Zeiten, in welchen Familienväter nur selten oder gar nicht mehr zur Verfügung standen, wurden Erziehungsfragen von Müttern oder Omas oftmals sehr pragmatisch gelöst. An Fantasie und dem nötigen Durchsetzungswillen fehlte es nicht. „Mit Speck fängt man Mäuse!" sagt der Volksmund. Was tun, wenn kein Speck zur Verfügung steht? Da helfen nur Lockvögel!

Unserem Hause gegenüber wohnte Oma Strohmayr. Sie war schwer gehbehindert und humpelte nach vorne gebeugt auf eine Krücke gestützt in kleinen Schrittchen vorwärts. Bei ihr wohnte Enkelsohn Eugen, weil er schon auf das Gymnasium ging. Seine Eltern lebten indes mit dem jüngeren Bruder Elmar in Graben auf dem Lechfeld, wo der Vater als Lehrer bis zu seiner Versetzung nach Augsburg wirkte. Nach und nach zog dann die Familie in das Haus der Großmutter, zuerst die Mama mit dem kleineren Bruder, der Vater kam als Letzter nach.

Das Eugend'le, wie die Oma ihren Enkelsohn liebevoll nannte, wurde von ihr sehr verwöhnt. Sie las ihm jeden Wunsch von den Augen ab und Eugen wuchs mit zunehmendem Alter nicht nur in die Höhe. Eugen war ein wenig älter als meine großen Brüder und mit ihnen befreundet. Gerne saßen sie beim Kartenspiel zusammen, bevorzugt Tarock.

Da ich seit meiner Erstkommunion stolzer Besitzer eines Fußballs war, durfte ich mit den Großen auf dem Sportplatz an der Osterfeldstraße mitbolzen. Oma Strohmayr kam oft mitten im Spiel herangehumpelt und rief: „Eugend'le, komm hoim, dös Essa isch fertig!" Doch Eugen hatte was auf den Ohren und ignorierte seine wild mit der Krücke gestikulierende Oma, indem er sich in weiter entfernten Regionen des Fußballplatzes zum Einsatz brachte. In ihrer Not rief Oma Strohmayr meinen Brüdern zu: „Bernhard, Helmwart, kommt's mit zum Essa, heut gibt's a guate Supp und Zwetschgaknödel. Wenn ihr mitgohts, dann goht mei Eugend'le vielleicht o hoim!"

Meine Brüder ließen sich nicht lange bitten. Sie brachen sofort das Spiel ab und riefen mir zu: „Sag Tante Rosa, wir essen heute beim Spindler Eugen!" Dann begleiteten sie Oma Strohmayr nach Hause. Als Eugen dies aus der Ferne beobachtete, konnte er schlagartig wieder hören und rannte dem Trio nach. Seine Angst war doch zu groß, die Freunde könnten ihm das Essen streitig machen.

Dietmar und ich schnappten unseren Ball und machten uns ebenfalls auf den Heimweg.

Die Lockvogelaktion brachte uns beiden auch einen Vorteil: Wegen des auswärtigen Einsatzes der großen Brüder fiel unser Mittagessen reichlicher aus. Wir waren daher Oma Strohmayer recht dankbar, dass sie unsere Brüder immer wieder als Lockvögel zum Einsatz brachte.

Herr Hauptlehrer

Schulleiter unserer Schule war der Herr Hauptlehrer Stiegele, ein hochgewachsener, schlanker, junger Herr mit Brille, circa 35 Jahre alt. Was ihm an Haupthaaren in der Mitte verloren gegangen war, wucherte umso kräftiger als Haarkranz. Herr Hauptlehrer war noch Junggeselle und wohnte bei seiner Mutter in der Richard-Wagner-Straße. Wir Kinder schauten uns im Lehrerkollegium um, welches Fräulein wohl zu ihm passen könnte. Stand dann die eine oder andere unserer Kandidatinnen in der Pause neben ihm, wurde unsere Phantasie rasch beflügelt. Egon meinte: „Hosch du g'seha, wie er des neue Zweitklassfräulein a'gschaut hot und g'lacht hot er au mit ihr, i glob, da schieabt sie was!" „A' nie, heut hat er doch scho dreimol in unser Zimmer neig'schaut. I' glob, der verehrt unser Fräulein!" warf Gerhard ein. „Dös glob i' net, i' hab' g'hört, zu unserm Fräulein kommt demnächst der Schulrat zur Prüfung, da muaß er doch reischaua, ob alles in Ordnung isch!", meinte ich. So streuten wir unsere Vermutungen in unserer Klasse und hielten die Gerüchteküche am Laufen.

Nach der Schule begleiteten wir Herrn Hauptlehrer gerne auf dem Heimweg, der ja zum größten Teil auch unserer war. Wir boten uns an, ihm die Schultasche zu tragen im Glauben, das gäbe anderntags vielleicht Pluspunkte. Der Lehrer ließ uns in diesem Glauben und übergab einem von uns die Tasche. Dann stolzierte er erleichtert erhobenen Hauptes vor sich hinpfeifend den Oberen Stadtweg hinunter. Der Taschenträger hatte alle Mühe, mithalten zu können. Es kümmerte aber Herrn Hauptlehrer keineswegs, was sich da unten bei seinen Füßen abspielte. Er sah einfach über uns hinweg. Dieser Umstand brachte ihm aber nicht nur Glück.
Immer wieder durfte unsere Klasse zum Sportunterricht mit unserm Herrn Hauptlehrer auf den Sportplatz bei der Osterfeldstraße. Zum krönenden Abschluss der Sportstunde wurde dann ein Fußballspiel unter den Augen unserer Mitschülerinnen angesetzt, in welchem der Herr Hauptlehrer mitbolzte.

Führte er den Ball, jagten alle Gegner wie ein Bienenschwarm hinter ihm her und brachten ihn nicht nur einmal zu Fall, indem sich einige mutige Kämpfer vor seinen Füßen tummelten, die er aber, das Tor im Auge, nicht wahrnahm.

Wütend klopfte er sich den Staub ab und beschimpfte uns als „Wuzelware" und „Ameisen", die es nicht zuließen, dass er sein großartiges fußballerisches Talent zur Entfaltung bringen konnte. Dann zog er sich aus dem Kampfgetümmel zurück und fungierte nur noch als Schiedsrichter. Das war auch besser für ihn.

> **Den 9 November 1950**
>
> <u>Ein Zimmerbrand.</u>
>
> An einem schönen Morgen nach der Kirche tönte die Sirene ihr lautes Geheul. Im Feuerwehrhaus stand der Herr Baindel und drückte auf den Knopf der Sirene. Ich fragte wo es brennt und die Antwort hieß, beim Gabauer. Ich rannte schnell über den Sportplatz. Als ich hinkam, schwebten schwarze Rauchschwaden zum Küchenfenster heraus. Die Feuerwehr war schon da. Die Rotschwarzen Feuersleute sprangen mutig ein und aus. Ich stand unten und schaute zu. Nach einigen Minuten war der Brand gelöscht. Es war ein Küchenbrand.
>
> der Sportplatz, der Sportplatz, rot rot, rot, rot rot, rot, rot, die Feuerwehr, die Feuerwehr, die

Die Horex

Nach einer Heimatkundeprobe verkündete Herr Hauptlehrer ganz bedeutungs-
voll: „Alle, die in der Probe eine Eins haben dürfen morgen nach der Schule mit
mir in den "Hollstadel" gehen und meine Regina anschauen!" Als er merkte, dass
wir ihn fragend ansahen ergänzte er: „Ich weiß nicht, was ihr jetzt denkt, aber,
die Regina, das ist mei Motorrad, eine Horex 350 ccm!" Jetzt war alles klar. Die
Maschine war über den Winter im Stadel eingemottet.
Am nächsten Tag trotteten die auserwählten Schüler mit ihrem Lehrer hinüber
zum Holl. Schon das Öffnen des Stadels vollzog er so feierlich, dass man meinen
konnte, das Tor vom Stall zu Bethlehem würde aufgetan. Da stand sie nun vor
uns, seine "Regina"! Alles war verchromt und blitzte im Sonnenlicht. Der Tank, die
Lenkstange, die Schutzbleche und sogar die Motorabdeckung. Wahnsinn! Wir
bestaunten andächtig dieses Wunderwerk der Technik.

„Langt's mer nix a," ermahnte er uns, „sonst hab i' die Tapper auf der ganzen
Maschine und muss stundenlang polieren, bis i' sie wieder sauber hab'!" Zur Be-
lohnung, weil wir nichts berührten, startete er das Motorrad sogar für uns. Da es
keinen elektrischen Anlasser hatte, musste er es im Schweiße seines Angesichts
antreten. Das dauerte, war sie doch schon Monate lang nicht mehr in Betrieb.
Endlich sprang sie an. Der Auspuff stieß eine scharf riechende weißblaue Wolke
aus, die sich nur langsam aus dem Stadel verzog, der Motor machte einen
Höllenlärm. Herr Hauptlehrer erklärte, dass diese Maschine einen wunderbaren
Klang habe, ja Musik für die Ohren sei, wenn man sie losorgeln ließ. Dann drehte
er am Gaszug und der Motor brüllte auf. Ich fand auch, dass die Horex besser
klingt als die Orgel der St. Nikolaus Kirche, wenn Herr Hauptlehrer sich dort
abmühte, ihr einige wohlklingende Akkorde zu entlocken. Ja, die Horex, das war
Musik, das war der feine Unterschied!

Am nächsten Tag berichteten wir unseren Mitschülern begeistert von unserem
Besuch bei der "Horex Regina". „Die glänzt wie ein mit Silberkugeln geschmück-
ter Christbaum und hat einen tollen Klang." Herr Stiegele hörte im Hintergrund
unseren begeisterten Erzählungen zu und versprach, nach der nächsten Probe
wieder die Pforten seines Heiligtums öffnen zu wollen. Als ich dann wissen
wollte, ob es nicht möglich sei, dass der Schreiber des besten Aufsatzes vielleicht

als Preis einmal auf der Horex mitfahren dürfte, entgegnete er ganz bedeutungs-voll: „ Mei Bua, das geht leider nicht. Wie du vielleicht gesehen hast, hat meine "Regina" nur einen Sattel. Sie ist eine echte Solomaschine!" Daheim schwärmten alle Augenzeugen von der silberglänzenden Solomaschine, deren Motor orgelte.

Und richtig, an einem sonnigen Maitag, wir hatten das Küchenfenster zur Straße hin geöffnet, hörte ich von draußen ein wunderbares Orgeln. Ich stürzte zum Fenster: Es war der Herr Hauptlehrer, der auf seiner Horex den Oberen Stadtweg hinunter orgelte! Meine Mutter meinte zu diesem Schauspiel: „Vielleicht wäre es besser, dein Herr Hauptlehrer würde sein Orgeln auf das Motorrad beschränken und dafür die Orgel von St. Nikolaus ver-schonen!"

Ich fand diesen Vergleich sehr hart und war sicher, dass Herr Hauptlehrer auf beiden gut orgelte. Auf unseren Herrn Hauptlehrer ließ ich eben nichts kommen!

Eiersalat

In der 4. Klasse machten wir mit unserem Hauptlehrer viele Unterrichtsgänge, weil er uns die Heimat unbedingt näher bringen wollte. Wir besuchten den Dorfschmied, die Kirche, den Friedhof, das Wasserwerk und Gärten.

Anfang Mai kam der Tag des großen Schulausflugs. Wir wollten den Landkreis Augsburg erkunden. Deshalb fuhren wir mit dem Bus über Welden nach Thannhausen, Ziemetshausen und Schloss Seifriedsberg mit der Wallfahrtskirche Vesperbild. Von dort ging es wieder zurück nach Stadtbergen. Eine tolle Runde. Ich wurde vom Herrn Hauptlehrer zu seinem Taschenträger berufen, ein besonders ehrenvolles Amt, um das mich viele Mitschüler beneideten. Er wies mir diese Aufgabe wohl zu, weil ich mich auf unseren gemeinsamen Heimwegen des öfteren als Taschenschlepper bewährt hatte. Daher war er sich sicher, dass die Tasche bei mir in zuverlässigen Händen war. Das glaubte ich eigentlich auch, bis alles anders kam.

Bei einer kurzen Wanderung nahe Vesperbild brach plötzlich ein Gewitter los und der Regen prasselte mit Hagel gemischt auf uns hernieder. Niemand hatte einen Regenschutz dabei, alle sausten in den nahen Wald, um sich in Deckung zu bringen. Da fiel mir die Tasche ein. Sie konnte mich gegen den Hagel schützen. So legte ich sie mir als Regendach auf den Kopf und sprang meinen Mitschülern hinterher. Während alle vor Nässe trieften, hatte ich einen trockenen Kopf und war nicht so schlimm durchnässt. Zum ersten Mal hatte ich einen echten Vorteil aus dem Taschentransport ziehen können.
Als sich nach ein paar Minuten das Gewitter verzogen hatte, verlangte der Herr Hauptlehrer nach seiner Tasche, um seine Brotzeit herauszunehmen. Aber was sah er da? In seiner Tasche war Eiersalat, gemischt mit Eierschalen und Butterbrot. Das nächste Gewitter brach aus, aber nur über mir. „Hierdeis, her zu mir! Was hast du mit meiner Tasche gemacht? Schau dir meine schöne Brotzeit an, so eine Sauerei!" „Ich wusste doch nicht, dass sie Eier in der Tasche haben, Herr Hauptlehrer. Die Tasche war so leicht, da habe ich sie mir beim Gewitter als Regendach aufgesetzt!" gab ich zu. „Hau ab, du Eierzertrümmerer!" schrie er mich wütend an und schüttelte den unansehnlichen Inhalt aus seiner Tasche heraus. Dabei fielen auch seine Brote noch in den Dreck, aber das war ihm jetzt

wohl Wurst. In der Wirtschaft von Vesperbild ließ er sich ein neues Vesper-brot machen, dick belegt mit Wurst und Gurken. Das verschlang er gierig beim Vesperbild und rollte böse mit den Augen, als ich an ihm in gehörigem Abstand vorbeischlich.

Bei der Madonna von Vesperbild schwor ich mir, dem Herrn Hauptlehrer nie mehr die Tasche zu tragen. Das habe ich mit Marias Hilfe auch gehalten.

Ein Gedichtle vom Herrn Hauptlehrer

Es ist nur allzu menschlich, dass unser Herr Hauptlehrer nicht jeden Tag gleich gut aufgelegt war. Wir wussten auch noch nicht, dass sich ein Schulleiter täglich über tausend Sachen ärgern kann, wenn er will. Dazu hätte er uns gar nicht gebraucht. Wir rätselten höchstens, warum unser Lehrer heute so mürrisch und kurz angebunden war. An uns lag es bestimmt nicht, dessen waren wir uns ganz sicher. Wir spürten in der Regel wenn etwas in der Luft lag, und versuchten durch Wohlverhalten keine Angriffsfläche zu bieten.

An einem solchen Tag, es war im November, hatten wir Nachmittagsunterricht. Der Ofen verbreitete im Zimmer wohlige Wärme. Das tat gut, denn draußen war ein unfreundliches, nasskaltes Wetter und dicke, große Schneeflocken hinterließen an den Fenstern ihre feuchten Spuren. Der Herr Hauptlehrer hielt sich in der Nähe des Ofens auf und warf ab und zu einen Scheit Holz hinein. Wir trugen inzwischen einen Aufsatz vom Beppi in unser schönes Heft ein: "Die Erstbesteigung des Stadtberger Wasserturmes". Im Zimmer herrschte eine gespannte Arbeitsruhe. Man hörte nur das Knistern des Ofens und das Kratzen der Federhalter. Leise nahm der Lehrer an seinem Pult Platz. Wir traten dann nacheinander mit den Heften zur Kontrolle bei ihm an und er schrieb mit roter Tinte mitten an der Stelle, wo man mit dem Schreiben aufgehört hatte in die Zeile hinein. Gefiel ihm des vorgefundene Schriftbild nicht, gab es eine Kopfnuss. Die Mädchen wurden an den Zöpfen oder Ohren gezupft. Das war auch nicht angenehmer. Die Prozedur war für uns eher normal als ungewöhnlich und regte niemanden besonders auf. In diese gespannte Arbeitsstille hörte man plötzlich ein glucksendes Lachen.

Es war der Dieter, den sein Nachbar Helmut wie auch immer zum Lachen gebracht hatte. Wir schauten gespannt zu den beiden hinüber. Hatten sie nicht gespürt, dass heute etwas in der Luft lag? Scheinbar nicht, denn der Dieter lachte so lange, bis der Herr Hauptlehrer auf den Unruheherd aufmerksam wurde und rief: „Was ist da hinten los!" „Herr Hauptlehrer, der Helmut hat über sie ein Gedichtle gesagt!" antwortete der Dieter. Diese Meldung schlug bei uns wie ein Blitz ein. Ja, war unser Kamerad wahnsinnig geworden!
Wir alle kannten dieses Gedicht seit der ersten Klasse. Es wurde stets von den

größeren an die kleineren Schüler weitergegeben. Nur der Dieter muss von dieser Übermittlung ausgeschlossen worden sein. Auch unserm Lehrer war dieses Gedicht in seiner Dienstzeit sicher nicht verborgen geblieben. Er hätte es sofort mitsprechen können. Es lautete:

Unser Lehrer Stiegele,
rennt herab das Stiegele,
in der Hand ein Prügele,
verhaut die Kinder s'Fiedele,
auweh, auweh, Herr Stiegele!

Herr Hauptlehrer richtete sich am Pult auf und fragte mit gespielter Neugier: „Was, über mich a' Gedichtle? Na, so was! Helmut, komm ein mal raus, das will ich auch kennen lernen!" Da trat der arme Helmut vor die Klasse. Er hatte einen ganz kurz geschnittenen Stiftenkopf, durch den man die helle Kopfhaut schimmern sah. Bei dem Haarschnitt wirkten seine Ohren viel größer und Herr Hauptlehrer schnappte sich gleich eines davon, um daran herumzu-drehen. „Los, Helmut, sag' das Gedichtle auf!"
Der arme Bub begann unter Tränen: „Unser Lehrer Stiegele, rennt herab das Stiegele", herauszustottern. Nach jeder Zeile wurde der Junge energischer aufgefordert, den Text weiterzusprechen. Diese Prozedur war so schlimm, dass wir uns am liebsten verkrochen hätte. Als der Helmut endlich mit dem Aufsagen fertig war, bekam er noch eine saftige Watschen. Dann zog er sich weinend in seine Bank zurück. Wir waren vollkommen irritiert, warum unser Herr Hauptlehrer so ausgerastet ist. So hatten wir ihn nie erlebt! Aber Fragen traute sich auch keiner von uns.
Auf jeden Fall waren wir alle einig, dass der Dieter nach der Schule eine saubere Abreibung braucht, die hatte er sich redlich verdient!

Aber, so ungerecht geht es auf der Welt zu: Nach der Schule stand Dieters Mama vor der Tür und holte ihren Liebling ab. Dadurch wurde er unserem Zugriff entzogen. Schade! Am nächsten Tag brachten viele Kinder dem Helmut zum Trost etwas mit, einen Kaugummi, ein Stück Breze, einen Buntstift, einen Stundenlutscher...

Diese Zuwendung sollte dem Helmut das Vergessen der Leiden erleichtern, welche er am Vortag hatte erfahren müssen.

Schulspeisung, auch für Hunde?

Auch im alten Schulhaus hatten wir immer den Blechnapf mit Suppenlöffel dabei um in der Pause unsere Bohnen-, Erbsen- oder Nudelsuppe zu empfangen. Die Schulspeisung war aber nur den Schulkindern vorbehalten, Lehrkräfte bekamen nichts.

Unsere Mutter, die am Maria-Theresia-Gymnasium Religion unterrichtete, berichtete uns in späteren Jahren immer wieder, wenn das Thema Schulspeisung zur Sprache kam, dass sie mit neidischen Blicken die Kinder während der Pausenaufsicht beobachtete, wie diese ihre Suppen löffelten. Sie selbst nagte höchstens an einem Stückchen trockenem Brot, wenn überhaupt. Wir stellten uns zur Verteilung der Suppe schon etwas ruhiger an als in der Schule in der Schubertstraße. Dort waren wir noch alleine gewesen, jetzt aber passten die Großen auf, dass alles korrekt ablief. Wer sich beim Essenfassen daneben benahm, bekam einfach eine Watschen und dann stand man schon richtig in der Reihe!

Oft zwangen wir in der Pause unsere Suppe nicht ganz. Dann ließen wir den Blechnapf mit dem Rest einfach in der Garderobe stehen und nahmen ihn auf den Heimweg mit. Hinter dem Schulhaus führte eine Treppe herauf zur Kirche. Das war die Abkürzung zwischen Bauernstraße und Schulstraße. Hier stand ein altes Wohnhaus mit Schuhmacherwerkstatt, in welcher Schuhmacher Höninger werkelte. Sein Schäferhund Rolf lief immer im Vorgarten auf und ab und stimmte ein Freudengeheul an, wenn er uns mittags kommen hörte. In freudiger Erwartung sprang das Tier am Zaun hoch und bettelte, dass wir ihm unsere Restsuppen hinüberschütten würden. Das machten wir auch: Jeder von uns kippte seinen Napf über den Zaun und Rolf stürzte sich gierig auf die Leckereien. Als Gegenleistung durften wir Herrn Höninger in seiner Werkstatt besuchen, wann immer wir wollten. Geduldig erklärte er uns seine Arbeitsschritte und Werkzeuge. Er mochte uns Kinder und wir ihn auch, aber vor allem seinen Rolf.

Unsere Mutter nahm mit großem Bedauern zur Kenntnis, dass wir täglich Höningers Hund fütterten. Sie meinte: „Wenn ich wieder auf die Welt komme, möchte ich gerne beim Höninger Hund sein." „So weit muss es nicht kommen," meinte ich und versprach, nicht jeden Suppenrest an Rolf zu verfüttern sondern ab und zu auch etwas nach Hause zu bringen.

Endlich ein Fahrrad!

Wir Geschwister hatten alle kein Fahrrad. Aus der Vorkriegszeit konnte unsere Familie kein Rad herüberretten, weil unsere Eltern auch schon keines hatten. So war in unserem Keller viel Platz für Fahrräder. Nach dem Krieg konnte man kaum ein Rad kaufen, höchstens für etwas eintauschen. Wir hatten aber nichts zum Tauschen. Die Währungsreform im Juni 1948 ermöglichte zwar schon bald den Kauf eines Fahrrades, wenn man das nötige Geld dazu hatte. Da sah es bei uns schlecht aus. Drum hieß es: schön weiterlaufen und sich in Geduld üben.

Wenn ein Kind aus unserer Nachbarschaft den Oberen Stadtweg herunter radelte, dann wurde es mit neidischen Augen verfolgt. Da war zum Beispiel der Helmut, mit Spitznamen „Dutz". Er war jünger als ich und viel kleiner. Trotzdem fuhr er ganz stolz mit einem alten Herrenfahrrad an mir vorbei. Da er noch nicht aufsitzen konnte, radelte er im Stehen und „geigte" so vor mir auf und ab. Vor unserem Haus hatte sich vom letzten Regenschauer eine riesige Pfütze gebildet. Diese durchfuhr der „Dutz" lachend, dass es nur so spritzte! Ich rief: „He, Helmut, lass mich auch mal fahren!" „Nein, das darf ich nicht, meine Mama hat es mir verboten! Außerdem machst du mir nur das Rad kaputt, du windiger Anfänger!" rief er mir zu.
Das hätte Helmut nicht sagen sollen! Mein Neid war so angestachelt, dass ich ihm, als er an mir in Siegerpose vorbeifuhr, einen Schupfer gab. Dadurch verlor Helmut die Balance und stürzte mitten in der Pfütze. Patschnass richtete er sich mit seinem Rad auf und schrie: „Du Arsch, nie wieder darfst du mit meinem Rad fahren, nie wieder - und meiner Mama sag ich es auch!" Ein paar Tage später war die Sache wieder vergessen und der „Dutz" ließ mich sogar mit seinem Fahrrad üben.
Das war auch gut für mich, denn schon bald brachte jemand bei uns ein altes Herrenfahrrad vorbei, mit Gesundheitslenker, ohne Licht, dafür aber mit einem Sprung am Rahmen in der Nähe des Tretlagers. Der Spender meinte, wenn man einen neuen Rahmen kaufen würde, dann könnte man damit ein wunderbares Fahrrad bauen.

Inzwischen flatterte bei uns ein Katalog der Fahrradfabrik „Stricker" aus Brackenwede-Bielefeld herein. Das Markenzeichen der Strickerräder war ein Pferd aus

Aluminium auf dem vorderen Schutzblech. Man konnte sich relativ preiswert eine neues Rad schicken lassen, wenn das nötige Geld da war...
Eines Tages entschied sich meine Mutter ganz überraschend zum Kauf eines Strickerrades. Sie wollte damit zur Schule fahren. Auch meine Tante sollte ein Rad bekommen, um schneller in unseren Schrebergarten an der Deuringer - Straße zu gelangen. Ich sollte mir mit der Lieferung einen Rahmen zuschicken lassen. Mit Hilfe meiner Brüder könnte man dann ein vernünftiges und sehr preiswertes Fahrrad für mich zusammenbasteln. Ich kratzte meine bescheidenen Ersparnisse zusammen und trug so zur Finanzierung meines Rades bei.

Endlich trafen die ersehnten Strickerräder in großen Kartonagen verpackt bei uns ein und die ganze Familie war im Hof damit beschäftigt, alle Teile fachgerecht zusammenzusetzen. Das gelang bei den zwei neuen Damenrädern problemlos, nur nicht bei meinem Umbau! Der alte Lenker wollte sich nicht in den neuen Rahmen stecken lassen, ebenso ließ sich des Tretlager nicht einfügen. Was half es! Notgedrungen musste ich mit Bruder Dietmar den Fahrradtorso zum Fahr-radhändler in der Bauernstraße tragen, um ihn dort fachmännisch in ein richtiges Fahrrad verwandeln zu lassen. Ein Mitarbeiter des Fahrradhändlers hieß Umberlo Spraga. Er war wohl einer der ersten italienischen Gastarbeiter und schimpfte, als wir ankamen los: „Die Strickerräder sein der greißte Dreck! Zuerst habt ihr alles kapott gemacht und dann kommt ihr zu mir ranjeschissen!"

Spraga verstand aber sein Handwerk: Schon nach einer Woche war mein Rad abholbereit, mit sportlichem Lenker, neuem Tretlager und super Pedalen, einfach toll. Auch bei der Preisgestaltung kam er meinem schwachen Geldbeutel ent-gegen. Wir wurden auf jeden Fall bei Spraga Stammkunden.

Waschtag

Einmal in der Woche, in der Regel am Mittwoch, war bei uns der große Waschtag. Tante Rosa war schon am frühen Morgen in den Keller hinabgestiegen, um den großen Waschkessel anzuheizen. Sie schleppte Berge von Schmutzwäsche hinunter, die sich bei unserer sechsköpfigen Familie entsprechend auftürmten. Als Waschmittel dienten Henko – zum Einweichen, Sil – zum Fleckenlösen und Persil zur Hauptwäsche. Dieser dreistufige Kampf gegen Grauschleier und Schmutz war damals aber nur möglich, wenn man die entsprechenden Waschmittel auch bekam.

Wenn wir ab und zu unsere Tante im Keller besuchten, konnten wir feststellen, welch schwere körperliche Arbeit das Wäschewaschen war. Die Tante stand in Nebelschwaden eingehüllt und stampfte mit dem Wäschestampfer die Wäsche, um den Schmutz herauszulösen. Fest sitzende Flecken wurden am Waschbrett herausgebürstet, die Kochwäsche rührte sie mit einem riesigen Holzlöffel immer wieder auf. Das Ausspülen der Wäsche war ebenfalls äußerst kraftraubend und mühsam, da am Schluss alle Wäschestücke mit den Händen ausgewrungen wurden. Hilfsmittel wie eine Wäscheschleuder gab es noch nicht. Tante Rosa war an den Waschtagen leicht gereizt und für unsere Späße nicht zu haben. Hielten wir uns in der Waschküche zu lange auf, sagte sie nur kurz: „Schaut, dass ihr weiterkommt und lasst mir mei Ruh!" Den Gefallen taten wir ihr gerne.

Waschtag bedeutete für unsere Familie, dass Tante Rosa keine Zeit hatte, sich um das Mittagessen zu kümmern. Sie bevorzugte an diesem Tag eine einfache Kochvariante: Sauerkraut mit Schweinebauch auf den Herd – und fertig. Die Salzkartoffeln wurden eine halbe Stunde vor dem Mittagessen zugestellt. So köchelte alles ohne Aufsicht vor sich hin und war zur rechten Zeit fertig.
Wir kannten dieses Waschtagsmenü und keiner freute sich auf das Mittagessen. Bruder Bernhard behauptete sogar: „Wenn man von der Südstraße in den Oberen Stadtweg einbiegt, dann riecht es schon nach Sauerkraut und Schweinebauch!" Wir bestätigten seine Wahrnehmung und stocherten missmutig im Essen herum. Jeder versuchte, das Fett des Schweinebauchs herauszulösen, um nur die mageren Streifen zu erwischen. Alle gaben sich große Mühe, das Kraut aufzuessen, andernfalls stand es am folgenden Tag schon wieder auf dem

Speiseplan.

Dies wollte keiner von uns provozieren. Man war froh, wenn das Thema Sauer-kraut auf den nächsten Waschtag verschoben werden konnte. Eine kleine Freude war aber dem verhassten Menü doch abzuringen. Tante Rosa würzte das Kraut ordentlich mit Wacholderbeeren und Pfefferkörnern. Diese wurden von uns sorgfältig aus dem Kraut herausgeklaubt und am Tellerrand deponiert. In einer Art sportlicher Übung versuchte man immer wieder durch Ablenkungsma-növer sich gegenseitig einige dieser Körnchen unterzujubeln.

Das lief dann so ab: „ Du, Bernhard, ich glaube, der Spindler Eugen hat unten gerufen!" – und schon war Bernhard am Küchenfenster, riss es auf und sah nach unten. Bis er den falschen Alarm realisiert hatte war sein Kraut von uns Brüdern reichlich mit Pfefferkörnern und Wacholderbeeren gespickt worden. Wenn er dann auch noch auf ein Pfefferkorn biss, war unsere Schadenfreude groß und das leidige Kraut für einen Moment vergessen.

Fußballfans

In unserer Kindheit hatte Augsburg zwei große Fußballvereine, die in der Süddeutschen Fußballoberliga spielten, den BCA und Schwaben Augsburg. Der BCA spielte in den Farben blau und weiß, die Schwaben wurden die "Violetten" genannt, weil sie zum Spiel in violetten Hemden und weißen Hosen antraten.
Wir drei jüngeren Brüder waren Anhänger des BCA und besuchten, wenn das Taschengeld reichte, alle 14 Tage das Heimspiel des BCA in Oberhausen. Unser ältester Bruder war Schwaben-Fan und ging alleine zu den Heimspielen ins Schwabenstadion an der Haunstetter-Straße.
Natürlich wurde das Fahrgeld bei den Stadionbesuchen eingespart, der Fußmarsch war selbstverständlich. Der weite Weg machte uns im Gegensatz zu den Kirchgängen nach St. Michael in Pfersee nichts aus. Die Spiele fanden immer am Sonntagnachmittag um 14.30 Uhr oder 15 Uhr statt. Durch den Stadionbesuch entgingen wir dem obligatorischen Familienspaziergang zum Kappberg, Nervenheil, Panzerkessel, Ziegelstadel und zurück. Dieser Vorteil war nicht zu verachten.

Im BCA-Stadion trafen wir viele Schulkameraden, die sich zu einer lautstarken Fangemeinde zusammenrotteten. Jugendliche banden sich einen Bauchladen um und boten Coca Cola an. Die Prügelbrauerei hatte wohl eine Verkaufslizenz für Bier. Ihre Verkäufer brüllten: „Wer wünscht noch Prügel?" Wir nicht, und auch das Cola war aus Geldmangel nichts für uns.

Im Vorspiel trat oft die erste Schülermannschaft des BCA auf. Hier wirbelte ein kleiner, blonder Junge, dessen Trikothemd fast bis zum Boden reichte über das Feld und ließ seine Mitspieler und Gegner schlecht aussehen. Es war Helmut Haller, genannt "Hemad", Augsburgs späteres großes Fußballidol, das mit seinen Kabinettstückchen die Zuschauer begeisterte. Wir wünschten uns ein wenig von seinem Talent, aber dabei blieb es auch. Die Spielernamen des BCA beherrschten wir besser als das Einmaleins: Behner, Mahn, Hilner, Roos, Schlump, Platzer, Dormeier, Biesinger …
Bei Schwaben kannten wir nur den Torwart Franz Süßmann und Peter Struzina. Dieser war im Hauptberuf Metzger. Sein Name prangt noch heute über einem Wurststand auf dem Stadtmarkt. Der BCA lag in der Regel im mittleren Tabellenbereich vor den Schwaben. Hatte er ein Heimspiel, dann mussten die Schwaben

auswärts antreten. Enttäuschung, Freude und Schadenfreude, je nach Spielverlauf, bestimmten unter uns Brüdern die Gespräche am Sonntagabend. Mit hässlichen Bemerkungen wurde der Schmerz bei Spielverlust gegenseitig gesteigert.

Mir hat mein ältester Bruder immer etwas leid getan, weil er als Schwabenfan einsam zum Stadion ziehen und bei Spielverlust den Schmerz darüber allein tragen musste. Nur bei den Derbys zogen wir gemeinsam in das jeweilige Stadion. Dann lief er mit ausreichendem Abstand, angetan mit allen Insignien eines jungen Erwachsenen mit Herrenhut, Mantel, langen, fein gebügelten Hosen, genüsslich an einer Zigarette saugend vor uns her, während wir drei jüngeren Brüder mit Anoraks, grünen Cordknickerbockern fröhlich lachend und lärmend hinter ihm hertrotteten, nichts als Blödsinn im Kopf. Wenn die Schwaben das Spiel verloren, musste er unseren dreifachen Spott ertragen und das wurmte ihn sehr. Er ließ sich zwar nichts anmerken, wir aber spürten, wie sehr ihn die Sache schmerzte.

Als wir schon erwachsen waren fragte ich ihn einmal, warum er denn überhaupt Schwaben-Fan gewesen sei. Die Antwort war sehr plausibel: „Eigentlich war ich wie ihr BCA-Fan. Ich hatte aber keine Lust, mit euch drei läppischen Deppen herumzulaufen. Drum musste ich mich als Schwaben-Fan tarnen!" Ja, alles hat seinen Preis. Dann eben Spott und Hohn.

Wohltaten können ganz schön belastend sein

Für unsere Mutter war es sehr schwierig, alle vier Buben mit passenden Kleidungsstücken zu versorgen. Immer war gerade einer aus einem Teil herausgewachsen, der nachfolgende Bruder konnte aber das Kleidungsstück nicht auftragen, weil es bereits zerschlissen war.

Als jüngster von vier Buben hatte ich zwar einerseits das Glück, dass niemand mehr meine Hosen abtragen musste. Also brauchte ich auch keine Vorsicht mehr walten zu lassen. Andererseits hatte ich aber das Pech, dass ich in der Regel die Sachen der älteren Brüder auftragen musste, was mich ziemlich wurmte.
Wenn die Mutter für Bruder Dietmar, der zwei Jahre älter als ich ist, eine ordentliche Hose ergatterte, dann wurde er von mir gebeten, gut darauf aufzupassen, damit ich sie einigermaßen ansehnlich übernehmen könnte. Dietmar versprach es, hielt aber mit dem guten Vorsatz nicht lange durch, was der Hose sehr abträglich war.

Die Sommermonate waren kleidertechnisch nicht so problematisch. Wir trugen unsere kurzen Lederhosen, dazu ein von unserer Tante selbst geschneidertes Hemd und fertig. Kam man mit der Lederhose in den Regen, wurde sie nach dem Trocknen starr und hart. Das hatte den Vorteil, dass man sie beim zu Bett Gehen neben das Bett stellen konnte. Die Wintermonate warfen größere Probleme auf. Woher Anoraks oder Mäntel herkriegen?
Einmal kam die Mutter kurz vor Weihnachten ganz glücklich nach Hause. Sie war auf dem Heimweg von der Schule am Pfarrhof von St. Michael in Pfersee ausgestiegen und hatte dort von der Pfarrhaushälterin erfahren, dass ein Wintermantel in meiner Größe abgegeben worden sei. Ich solle am nächsten Adventssonntag nach der Messe in den Pfarrhof zum Probieren kommen. Vielleicht wäre ich dann an Weihnachten bestens ausgestattet. Gleich am folgenden Sonntag betrat ich erwartungsfroh das Pfarrhaus.
Als ich aber den Mantel auf dem Bügel hängen sah, blieb mit der Mund vor Schreck offen stehen. Soll ich mit so einem Teil im Winter herumlaufen? Der Mantel war in Glockenform geschnitten, oben eng und unten weit, hatte ein grobes Fischgrätmuster mit großen Knöpfen versehen und dazu nach links geknöpft, war also ein Mädchenmantel! „Lieber sterbe ich den Kältetod, als dass ich

mit diesem Mantel auf die Straße gehe!" protestierte ich lautstark. „Ich könnte damit höchstens beim Weihnachtsspiel als Maria auftreten! Da spiele ich aber schon einen armen Hirten und der braucht keinen Glockenmantel!"

Trotz aller Proteste musste ich den Mantel anprobieren. Mit Engelszungen redeten die Pfarrhaushälterin und meine Mutter auf mich ein, wie wunderbar warm das wertvolle Stück sei und wie gut mir der Mantel stehe. Ich glaubte von alledem kein Wort und behauptete, ich sähe damit wie ein Mädchen aus und müsste so zum Gespött herumlaufen! Trotzdem bestand meine Mutter darauf, ich sollte den Mantel gleich für den Heimweg anlassen. Als ich mit ihr vor die Pfarrhoftür hinaustrat kam eine Bekannte auf uns zu und meinte: „Ach, der Winfried wäre sicher ein hübsches Mädchen geworden, so wie er in diesem Mantel aussieht!" Diese Äußerung traf mich wie ein Hieb. Mir wurde siedend heiß. „Siehst du, was hab' ich gesagt, wie ein Mädchen!" fauchte ich. Meine Mutter zuckte kurz zusammen: „Wir haben den Mantel gerade geschenkt bekommen, leider gab es keinen für Buben."
„Das trifft sich ja wunderbar," meinte die Bekannte, „ mein Paul ist aus seiner Winterjacke herausgewachsen und meine Lisbeth bräuchte dringend einen Wintermantel!" Die beiden Frauen waren sich schnell handelseinig und verabredeten den Tausch. Ich erhielt eine ganz brauchbare Winterjacke mit seltsam großen Knöpfen. Bei genauerer Untersuchung stellte ich fest, dass jemand die Knopflöcher geändert hatte, also aus einer Mädchenjacke eine für Buben gemacht hatte.

„Irgendwas mit Mädchen muss bei mir doch immer dabei sein!" murrte ich vor mich hin. Mir war da gleich mein weißer Mädchenschulranzen eingefallen, der mir meinen Schulanfang verpatzt hatte. Insgesamt war ich aber mit der Jacke zufrieden und zog damit an Weihnachten stolz in die Kirche ein.

Unterhosenspende

In den ersten Nachkriegsjahren war es äußerst schwierig, für vier heranwachsende Buben die entsprechende Wäsche bzw. Unterwäsche zu ergattern. Man erhielt dazu zwar einen Bezugsschein, aber bei unserem raschen Wachstum richtete dieser nur wenig aus. Immer war einer aus einem Kleidungsstück herausgewachsen...

In den Sommermonaten spürten wir kleineren Brüder den Wäschemangel nicht besonders, schließlich hatten wir unsere Lederhosen, die man sogar ohne Unterwäsche tragen konnte. Wurden die Lederhosen bei Regen nass, fühlten sie sich weich an, dafür rochen sie sehr streng. Nach dem Trocknen wurde das Leder hart und spröd. Dafür konnte man die Hosen neben das Bett stellen. Beim Aufstehen sprang man rasch hinein. Das war sehr praktisch! Waren die beiden großen Brüder ihren Lederhosen entwachsen, gaben sie diese an uns weiter. So brauchten wir uns um das Kleidungsstück keine Sorgen machen.

In den Sommermonaten bekamen wir öfters Besuch aus Berlin: Die zweite Frau unseres verstorbenen Großvaters, Tante Adele, stand vor der Tür. Aus der Größe ihres Koffers schlossen wir, dass sie sicher für längere Zeit bei uns bleiben wollte. Tante Adele wünschte sich von uns, dass wir sie Oma nennen. Diesen Wunsch erfüllten wir ihr nur ungern, weil sie ständig an uns herummäkelte und wir meinten, dass ihr dieser Titel nicht zustehen würde. Unsere echte Oma war schließlich tot.

Einmal zog sie mich am Bund meiner Lederhose zu sich her. Vielleicht wollte sie mir mal etwas Nettes sagen, doch da entdeckte sie, dass ich die Lederhose ohne Unterhose trug und rief entsetzt: „Winfried, du Ferkel, wie läufst denn du herum, schäme dich!" Als ich noch nachdachte, warum ich mich schämen sollte, kam mir Bruder Dietmar zu Hilfe und klärte Tante Adele sofort auf: „Wer bei uns eine Lederhose trägt, der braucht im Sommer keine Unterhose, die kann man sich sparen!"

Tante Adele schüttelte fassungslos den Kopf und murmelte: „Na sowat jibt es in janz Balin nich!" Das war uns aber egal, schließlich war Berlin weit weg.

Eines Tages kam unsere Mutter freudestrahlend aus der Stadt nach Hause. Sie hatte ein großes, in Packpapier eingeschlagenes Paket unter dem Arm, das sie stolz vor uns auf dem Küchentisch ablegte. „So, Kinder, jetzt kann der Winter kommen!" meinte sie zufrieden und wickelte das Paket aus. Aber was war das? Vor unseren staunenden Augen lag ein Stapel lange Unterhosen in verschiedenen Größen, durchgehend mit langärmligem Oberteil verbunden. Dieses konnte man aufknüpfen, damit das Hineinschlüpfen in die Unterhose überhaupt möglich war. Auf der Rückseite der Unterhose war eine Stoffklappe befestigt, die man beim Toilettengang herunterlassen konnte. „Äh, Unterhosen mit Falle!" rief ich, „widerlich!"

Keiner von uns wollte Mutters Freude teilen, im Gegenteil, wir kündeten unseren Protest an: „Solche Liebestöter ziehen wir höchstens ab minus 40 Grad an! Woher hast du diese scheußlichen Dinger eigentlich?" „Die hat mir Frau Boecker vom Kaufhaus Boecker heimlich ohne Bezugsschein gegeben, weil sie mit euch Mitleid hatte." „Danke," fauchte Helmwart, „das Mitleid hätte sie sich sparen können!" Mutter verstaute enttäuscht die Wäschegarnituren im Kleiderschrank.

Drei Monate später bekam sie aber doch noch recht. Der Winter wurde sehr kalt und Mutter kramte aus dem Wäscheschrank zu unserem Schutz die im Sommer ergatterte Unterwäsche hervor. Die zogen wir schließlich mürrisch an. „Einen Schönheitspreis bekommt ihr sicher nicht, so wie ihr ausseht, Hauptsache, ihr seid vor der Kälte geschützt und werdet mir nicht krank," meinte sie zufrieden. Auch Tante Adele hätte an unserem Anblick ihre Freude gehabt, aber die war schon längst abgereist!

Schwester Benonia geht die Luft aus

In der kleinen Michaelskirche in Pfersee fand die neu gegründete Pfarrei von Neustadtbergen ihre erste Heimat bis zur Einweihung der Kirche Maria Hilf im Dezember 1953. Den Organistendienst versah Schwester Benonia von Maria Stern. Sie war dort Musiklehrerin.

Die kleine Orgel auf der Empore der Michaelskirche hatte noch keinen Motor und musste zum Spielen durch Pumpen mit der nötigen Luft versorgt werden. Der Blasebalg war an der Rückwand der Kirche in einem länglichen rechteckigen Kasten verborgen, zwei Stangen schauten wie Fühler aus dem Kasten heraus. Das waren die Griffstangen zum Pumpen, die man auf- und niederdrücken musste. Ebenso ragte ein schmaler Messstab aus dem Gehäuse. War der Balg vollgepumpt, stand der Stab oben an der Kastendecke und sank langsam nach unten, wenn ihm die Luft beim Spielen entzogen wurde. Hatte der Messstab seinen tiefsten Punkt erreicht, musste man wieder schnell Luft zuführen, sonst erstarb das Orgelspiel unter jämmerlichem Fauchen und Gewinsel. Wer auch immer als Pumper Dienst tat hatte die verantwortungsvolle Aufgabe dafür zu sorgen, dass der Gemeindegesang störungsfrei begleitet werden konnte.

An einem Sonntag, unsere Mutter hatte uns wieder einmal den Besuch in St. Nikolaus verwehrt und uns zu Fuß nach St. Michael mitgenommen, stand Schwester Benonia an der Kirchentüre und fragte die eintreffenden Gottesdienstbesucher, ob denn niemand bereit sei, den Blasebalg zu bedienen, der dafür vorgesehene Pumper sei leider krank. Unsere Mutter meinte: „Das können meine beiden Buben Dietmar und Winfried machen, die nerven mich schon auf dem ganzen Weg mit ihrem läppischen Getue!" „Vielen Dank, Frau Hierdeis, so nette Jungen, die kommen gerade recht!" Dann nahm sie uns mit auf die Empore und erklärte uns kurz, wie das Orgelpumpen funktioniert. „Vor allem müsst ihr immer gleichmäßig pumpen und immer auf den Messstab achten. Er sollte nicht unter die Mitte seines möglichen Weges absinken. So bleibt der Luftdruck schön stabil. Was die Orgel gar nicht mag ist ein hastiges, ruckartiges Pumpen, verstanden? Und macht mir ja keinen Blödsinn da hinten, sonst wart ihr das letzte Mal auf der Empore." Wir bestätigten, dass wir alles verstanden hatten und machten uns an die Arbeit. Schwester Benonia saß am Orgelbock mit dem Rücken zum

Kirchenschiff und hatte das Instrument vor sich. Unser Anblick war ihr durch die Orgel versperrt. Das war auch gut so, denn sie konnte sich ganz auf ihr Spiel konzentrieren. Bei den Ersten Liedern klappte alles reibungslos, wir pumpten wie befohlen und die Orgel benahm sich ordentlich. Den Messstab hielten wir immer auf einem mittleren Stand, die Orgel hatte genug Luft. Bald wurde uns dieses Tun zu langweilig und wir wollten wissen, wie sich die Orgel verhält, wenn der Messstab weiter nach unten absank. Da hörte man aus dem Instrument ein kraftloses Hauchen, dafür fauchte Schwester Benonia vom Spieltisch her: „Luft, Luft, Luft!" Gleich führten wir dem Instrument die nötige Luft zu und Orgel und Schwester waren zufrieden.

Je länger der Gottesdienst dauerte, desto größer wurde unser Verlangen, auch mal in den Kirchenraum schauen zu können. Schließlich musste man sich informieren, wie lange der Gottesdienst noch geht und wer von den Freunden vielleicht unten sitzt. Wir pumpten also den Blasebalg voll auf und stellten uns anschließend an die Brüstung der Empore. Schwester Benonia wurde ganz unruhig, als sie uns dort erblickte und sah uns erwartungsvoll an. Wir aber ignorierten ihre Blicke und schauten seelenruhig nach unten in die Kirche. Auf einmal fing die Orgel mitten in einem Lied zu stöhnen an, die Tonlage des Instrumentes veränderte sich schlagartig, es säuselte, pustete und pfiff als ob es seine Seele aushauchen wollte. Schwester Benonia brüllte: „Luft, Luft Luft!" Wie von der Tarantel gestochen sausten wir zum Blasebalg und rissen die Griffe auf und nieder. Das Instrument japste und schrie unter unseren heftigen Luftstößen auf. Es dauerte eine Weile, bis es sich von unseren ruckartigen Behandlung erholt hatte und ein gleichmäßiges Begleiten zuließ. Die Eskapaden der Orgel wurden von der Kirchengemeinde mit Unruhe, Kopfschütteln und Verweigern des Gesanges geahndet.
Nach dem Gottesdienst übergab uns Schwester Benonia schweißgebadet und abgekämpft unserer Mutter. „Nie wieder kommen mir diese Buben auf die Empore, die will ich nie mehr bei mir oben sehen, solche Lausbuben. So kann man sich täuschen, eine so nette Mutter und dann diese Kinder. Nichts als Unfug im Sinn, diese Lauser!" keuchte sie mit letzter Kraft. Uns war's recht, dass sie in Zukunft auf unseren Einsatz verzichten wollte, doch unsere Mutter meinte wütend: „Mit euch kann man sich nirgends sehen lassen. Sogar in der Kirche blamiert ihr mich. Das nächste Mal geht ihr alleine zur Kirche und zwar nach St. Nikolaus!" „Ooooooh..," sagten wir ganz traurig und freuten uns schon auf den kurzen Kirchenweg.

Feinde

Die Aufteilung Stadtbergens in Alt- und Neustadtbergen wurde nicht nur nach Pfarrgemeinden vollzogen, sie war auch in den Köpfen der Stadtberger einzementiert. Die Grenzstraße von Süd nach Nord verlief auf der Höhe der Sonnenstraße.

Die Altstadtberger fühlten sich als die Ureinwohner und waren durch ihre Geburt so eine Art auserwähltes Volk. Ihre Kinder wähnten sich als etwas ganz Besonderes und strotzten vor Selbstbewusstsein. Man hatte einfach mehr Anspruch auf die wunderbare Heimat. Die Neustadtberger waren in ihren Augen nur Zugereiste, die aus Gnad und Barmherzigkeit sich in der Nähe der Altstadtberger aufhalten durften. „Wenn mei Papa euch keinen Baugrund verkoft hätt', dann wärt's ihr bis heute noch keine Stadtberger!" so prahlten Altstadtberger Schulkinder.

Altstadtberger verkauften ihren Grund grundsätzlich nur an Ihresgleichen, damit kein Stückchen Heimat verloren geht. Diese Regel galt auch noch in den ersten Nachkriegsjahren. Neustadtberger zu sein war fast so schlimm wie evangelisch zu sein. Der Altstadtberger war seit eh und je katholisch und duldete daher die Evangelischen höchstens. Auch bei uns Kindern führte die Spaltung Stadtbergens unwillkürlich zu Spannungen, ja sogar zu Feindschaften. Ich selbst hatte als Altstadtberger einen "Feind" in Neustadtbergen, dessen Namen ich nicht einmal kannte. Er war größer und stärker als ich und hatte einen kantigen Schädel mit kurzen blonden Haaren. Von der Schule war er mir auch nicht bekannt. Vielleicht ging er ja nach Pfersee, ich wusste es nicht. Kaum radelte ich in der Nähe des Stadtberger Hofes herum, entlarvte er mich als Altstadtberger und teilte mir mit, ich befände mich hier auf Neustadtberger Grund, auf dem ich nichts zu suchen hätte, es sei, denn, ich hätte Verlangen nach ein paar Watschen. Diese Ansage bekräftigte er, indem er mich vom Fahrrad schubste und mit seinen Stiefeln gegen mein Rad trat. Wie sollte ich aber in Zukunft zum Ministrieren nach Maria Hilf gelangen? Die Kirche lag doch im Zentrum Neustadtbergens. Wenn ich in Zukunft meinen "Feind" aus der Ferne sah, fuhr ich gleich einen Umweg, um so einer Konfrontation zu entgehen. Bemerkte er meinen Fluchtversuch, schrie er hinter mir her: „Warte nur, dich derwisch' ich schon noch und dann gibt's Schelln!"

Mein "Feind" wurde zum echten Alb für mich. Ich sann immer wieder nach, wie ich ihm doch noch einen Denkzettel verpassen könnte. Und – eines Tages war es so weit: Mein Freund Friedmann, er war auch Ministrant in Maria Hilf und ein echter Neustadtberger, fuhr mit mir in der Tram auf der hinteren Plattform des Anhängers vom Gymnasium nach Hause. Friedemann musste am Stadtberger Hof aussteigen, ich durfte noch zur nächsten Haltestelle Schlossstraße weiterfahren.

Als die Tram den Stadtberger Hof erreichte, sah ich meinen "Feind" an der an der Haltestelle herumlungern. „He, Friedemann, da steht mein Feind, von dem ich dir erzählt habe. Kennst du ihn?" „Nein, noch nie gesehen!" antwortete Friedemann. „Um so besser. Wenn du ausgestiegen bist, gehst du zu ihm hin und haust ihm eine gescheite Watschen rein und sagst einen schönen Gruß vom Winfried!" Friedemann tat, um was ich ihn gebeten hatte. Während sich meine Straßenbahn langsam von der Haltestelle entfernte sah ich, dass Friedemann seine Schultasche vor meinem "Feind" abstellte und ihm aus heiterem Himmel eine reinschlug. Mein "Feind" packte daraufhin Friedemann und warf ihn in die Buchenhecke. Je weiter sich die Tram vom Tatort entfernte, desto klarer wurde mir, dass mein Freund chancenlos war. „Du Arsch," schimpfte Friedemann am nächsten Morgen stocksauer. Dein "Feind" war ja viel stärker als ich. Das nächste Mal schlägst du ihn selber!" Das tat ich dann auch, musste dazu aber zu einer List greifen.

Als ich wieder einmal zur Abendmesse in Maria Hilf mit dem Rad unterwegs war, sah ich meinen "Feind" an der Straßenkreuzung Bismarckstraße-Südstraße stehen. Ich beschleunigte und gab ein Handzeichen, als ob ich von der Bismarckstraße in die Südstraße einbiegen wollte, ließ aber meine Hand ausgestreckt und fuhr geradeaus weiter. Damit hatte mein "Feind" nicht gerechnet. Ich versetzte ihm einen solchen Schlag, dass er das Gleichgewicht verlor und stürzte. „Das war für Friedemann!" rief ich ihm zu und radelte vergnügt zur Kirche. Die Siegesfreude raubte mir meine ganze Andacht!

Messdiener leben gefährlich

Schon bald nach der Einweihung der Kirche Maria Hilf im Advent 1953 meldeten sich mein Bruder Dietmar und ich als Ministranten an. Wir wollten unbedingt in der neuen Kirche etwas zu tun haben, nachdem ja meine Tante und die beiden großen Brüder bereits im Kirchenchor sangen. Nach einer Einweisung wurden wir in den Kreis der Messdiener aufgenommen.

Damals wurden die verschiedenen Antworten und das Schuldbekenntnis in der lateinischen Sprache gesprochen. Daher überprüfte Pfarrer Hintermeier unsere Kenntnisse. Wenn wir den Inhalt der Antworten auch nicht verstanden, aussprechen sollten wir das Kirchenlatein wenigstens richtig. War dies gewährleistet, gab uns der Pfarrer zum Altardienst frei. Ab sofort wurde von uns einiges abverlangt, z. B.: Vorbeten beim täglichen Rosenkranz oder Frühmessdienst an Werktagen um sieben Uhr. Um noch rechtzeitig zur Schule zu kommen, musste man sich anschließend schnell auf's Fahrrad schwingen. Sehr begehrt waren die Fahrten zu Beerdigungen, denn Pfarrer Hintermeier hatte kein Auto und ließ sich sogar zum Westfriedhof mit dem Taxi chauffieren. Das war Vergnügen pur für uns. Außerdem bekam man für den Dienst bei Beerdigungen oder Hochzeiten 50 Pfennige. Da fühlten wir uns schon wohlhabend, war doch das monatliche Taschengeld auf eine Mark begrenzt.

Im Advent und in der Fastenzeit wurde die Pfarrjugend zu einer wöchentlich stattfindenden Frühmesse um 6 Uhr in die Kirche eingeladen. Dietmar und ich waren öfters zum Ministrieren eingeteilt. Das machte uns nicht allzu viel aus, denn unter den Gottesdienstbesuchern waren ein paar nette Mädchen, denen wir mit unserem heroischen Einsatz gefallen wollten. Da unsere Kirche an Wochentagen ungeheizt blieb, mussten wir uns entsprechend warm kleiden. Wir zogen die Ministrantengewänder gleich über die Anoraks an. Das tat unserer Schönheit keinen Abbruch dachten wir, obwohl wir durch unseren Auftritt unter dem jungen Kirchenvolk Heiterkeit auslösten. Wie ausgestopfte Prälaten zogen wir vor unserem sehr schlanken Herrn Pfarrer in die Kirche ein. Pfarrer Hintermeier litt an Parkinson. Schon Ende der vierziger Jahre gab es dafür deutliche Anzeichen: Die Daumen zitterten, wenn er die Arme zum Gebet ausbreitete. Wir meinten damals, das wäre ein besonderes Zeichen der Andacht und übernahmen das Zittern beim Messespielen, bis unsere Mutter durch ein klärendes Wort dem Treiben ein Ende setzte.

Da Herr Pfarrer aus gesundheitlichen Gründen weder kalten Messwein noch kaltes Wasser trank, wurden die beiden Kännchen in einem Warmhaltekästchen untergebracht, in welchem eine leuchtende 25 Watt Glühbirne für eine angenehme Trinktemperatur sorgte. Das Kästchen stand auf einem kleinen Tischchen rechts vom Altar und war mit einem roten Tuch bis zum Boden hinunter umhüllt. Bruder Dietmar überließ es mir, Wein und Wasser bei der Gabenbereitung zum Altar zu bringen. Das war nichts Ungewöhnliches, da wir diesen Dienst immer wieder tauschten und heute war ich mal dran. Ich nahm also die beiden mit Wein und Wasser gefüllten Kännchen aus dem Kästchen und wollte damit die Altarstufen hinauf. Doch was war das! Es knirschte und krachte hinter mir. Die Ösen meiner Skischuhe hatten sich im Saum der Tischverkleidung verfangen, schon beim ersten Schritt zog ich das Tischchen hinter mir her. Bruder Dietmar stürzte sich geistesgegenwärtig darauf und hielt es fest. Durch diese Bremseinwirkung gestoppt stürzte ich nach vorne und lag der Länge nach die Altarstufen hinauf, die beiden Kännchen dabei in die Luft streckend.
Dieses Ereignis riss die müden Kirchenbesucher aus ihrem Schlaf, tosendes Gelächter schallte durch die kalte Kirche. Endlich war hier was los!

Bruder Dietmar befreite meinen Schuh aus der Tischverkleidung, ich rappelte mich hoch und brachte die Kännchen zum Altar. Bei dem Sturz hatte ich mir nicht weh getan, dazu war ich zu sehr ausgestopft. Pfarrer Hintermeier aber, in dessen Gesicht ich ein kurzes Lächeln zu erkennen glaubte, fragte: „Hosch was zammag'schütt?" Ich schüttelte verneinend den Kopf und der fromme Mann setzte ungerührt seine heilige Handlung fort.

Ja, in der katholischen Kirche ist man von so vielen Martyrern umgeben, da konnte man bei so einem Sturz wirklich keine Anteilname erwarten.
Nach dem Gottesdienst meinte eines der von uns verehrten Mädchen zu Bruder Dietmar anerkennend: „Ich hab's genau g'seha, du hosch dei'm Bruder das Leben gerettet. Wenn du net des Tischle mit dem Heizöfele g'halta hättsch, dann hätt's d' Winfried derschlaga!" Dietmar war ganz verlegen wegen des Lobes und meinte: „Des hätt' doch jeder g'macht!" Auf dem Weg zur Straßenbahn kam mir Bruder Dietmar auf einmal viel größer vor.

Friedemann

Friedemann lernte ich in der Ministrantengruppe von Maria Hilf kennen. Seine Mutter, ebenfalls Kriegerwitwe wie meine Mutter dachte sich, es sei für ihren Sohn nur von Vorteil, wenn er sich in der Freizeit mit gleichgesinnten Buben umgebe. Auch eine gewisse Frömmigkeit könne ihm nicht schaden. Stadtpfarrer Hintermaier übte mit uns das Grüßen in der Sakristei. „Wie grüßt man einen Priester?"
„Mit Gelobt sei Jesus Christus!" antwortete ich. „Und wie grüßt ihr unsere Mesnerin?" „Mit Gegrüßt seist du Maria!" antwortete Friedemann." Das war typisch für ihn, nie um eine Antwort verlegen. „Dann fragst du demnächst Fräulein Englet, ob ihr der Gruß recht ist." brummte der Pfarrer.

Friedemann ging mit mir in das Realgymnasium, hatte ebenfalls nur Nachmittagsschule und schimpfte zum größten Teil auf die selben Lehrer wie ich. Obwohl er zwei Klassen unter mir war, hatten wir die gleichen Unterrichtszeiten und trafen uns daher schon in der Straßenbahn auf dem Weg von oder zur Schule. Als er mir einmal erzählte, dass er in Latein schon wieder eine Fünf geschrieben habe, sagte ich: „Komm' doch zu uns, meine Mutter gibt Lateinnachhilfestunden." Und tatsächlich! Meine Mutter brachte Friedemann auf die Erfolgsspur zurück. Voller Freude schenkte ihm Frau Allgayer als Lohn eine tolle Dampfmaschine. „Du musst unbedingt zu mir kommen, dann lassen wir das Wunderwerk der Technik laufen. Am besten, wir machen das heute Nachmittag um drei Uhr. Da ist meine Mutter beim Kaffeekränzchen und wir haben unsere Ruhe!" Ich war pünktlich da und Friedemann füllte den Dampfkessel mit Wasser. Dann schob er einen Streifen Esbittrockenbrennstoff unter den Kessel und machte Feuer. Nach einer halben Stunde setzte sich das Treibrad unter großem Zischen und Fauchen in Bewegung. Wir waren begeistert! Je länger aber die Maschine fauchte, desto nebeliger wurde es im Wohnzimmer und die Fenster beschlugen sich.

Außerdem stank es recht aufdringlich. Friedemann war in Sorge, dass seine Mutter ausrasten könnte und schlug folgende Problemlösung vor: „Ich halte die Maschine zum Fenster hinaus, drehe sie um und lass' das Wasser ab. So wird sich die Dampfmaschine schnell beruhigen!" Und richtig: Die Maschine beruhigte sich sofort, doch das heiße Wasser vermischte sich mit der Asche in der Brennkammer und rann in einem grauen Streifen die Hauswand hinunter über das frisch geputzte Wohnzimmerfenster von Frau Gleich, der Hausherrin. Sie war für ihr deftige Ausdrucksweise bekannt und enttäuschte auch diesmal nicht. Entsetzt riss sie ihr Fenster auf und schrie nach oben: "Ja du Saubua, du elendiger, was treib'sch du schon wieder, do loft ja die ganze Drecksbrüa ra und versaut mehr alles!"

„Entschuldigung!" rief Friedemann, zog die Dampfmaschine zurück und drückte sie mir in die Hand. Dann füllte er schnell einen Wassertopf aus dem Wasserschiffchen des Herdes und schüttete ihn über die Hauswand nach unten. Nun wurde das Schreien von Frau Gleich noch deutlicher: „ Ja du Dreckloas, jetzt schüttet mir der Hurabua des Wasser no über mei neue Frisur! Wart nur, deiner Mutter werd ich was verzähla!" Friedemanns nächste Tage waren nur schwer zu ertragen. Deshalb sann der verstoßene Sohn nach, wie er die Gunst seiner Mutter wieder zurückgewinnen könnte. Gelegenheit dazu bot sich ein paar Wochen später. Es war ein nasskalter Novembertag, als sich Frau Allgayer wieder zum Frauenkränzchen wegtraute. „Loss' mehr ja niemand rein und stell nix an und mach bloß dei Hausaufgab, sonst kannst du dir deine Weihnachtsgeschenke mala!" Sprach's und war verschwunden.

Als Friedemann die Hausaufgabe fertig hatte ging er in die Küche. Da stand er ja, der Küchenherd! Eiskalt! „Wenn ich den für Mama anheize, das gibt sicher Pluspunkte!" dachte er. Gleich sauste er mit dem Korb in den Keller und holte Holz und Briketts herauf. Eine alte Zeitung diente zum Anschüren, dann legte er Holzscheite auf. Als alles wunderbar brannte, legte er Briketts und Eierkohlen auf. Was für ein ein tolles Feuerchen. „Ich glaube, man sollte noch ein wenig Holz nachlegen und vielleicht noch mehr Briketts, dann wird es noch schneller warm!" sprach Friedemann zu sich. Der Ofen begann in der zunehmenden Hitze zu ächzen, das Wasser im Wasserschiff summte. Bald färbten sich die Eisenringe des Herdes feuerrot und Friedemann bekam es mit der Angst zu tun. „Was mach ich nur? Was ist, wenn der Herd explodiert? Am besten ist, ich schau mal nach!" Mit dem großen Eisenhaken zog er die Eisenringe des Herdes zur Seite und starrte gebannt in die weißglühende Feuersglut. „Da hilft nur noch Wasser! Ich muss die Glut eindämmen!" Schnell füllte er einen Kochtopf mit Wasser und wollte es gerade in die Feuerstelle schütten, da hörte er hinter sich einen Schrei: „Halt, Nicht!!" Frau Allgayer war zurück und sah das Unheil kommen. Vor Schreck ließ Friedemann den Topf los und das Wasser ergoss sich unter Zischen und Fauchen in den Ofen. Schwarze Rußschwaden durchzogen das Wohnzimmer, glühende Partikel ließen sich auf den Schränken und Möbeln nieder und hinterließen eingebrannte schwarze Punkte. Frau Allgayer sprang durch eine Nebelwand zum Herd, stieß ihren Sohn zur Seite und zog die Ringe über die Feuerstelle. Erst dann gab sie Friedemann eine ordentliche Watschen. Der war abers schon so gestraft genug: Seine Augen brannten vom beißenden Ruß, in sein Hemd versengt, das ganze Zimmer war schwarz. „Du bist Schuld, weil du so geschrienen hast. Vor Schreck habe ich das ganze Wasser ins Feuer geschüttet. Ich wollte erst mit einem kleinen Schuss Wasser anfangen!" jammerte Friedemann. Frau Allgayer sah die Schuldfrage etwas anders. Friedemann bekam wochenlang Hausarrest.

Als er wieder auftauchte fragte ich: „Seid ihr weggezogen, man sieht dich gar nicht mehr?" „Noch nicht, aber bald. Meine Mutter fühlt sich in dem Haus einfach nicht mehr wohl! Es wird ihr zu brenzlig!"

Hunde

Familie Weeger, unsere direkten Nachbarn zum Hopfengarten hin, hatte zwei Kinder, Karola und Fritz sowie einen Hund namens "Mucko". Um sein "O" war ich sehr dankbar, da man mich überall mit "Muck" rief und nur wegen des "O" immer der richtig gerufene sich angesprochen fühlte. Mucko war eine Dalmatiner Rüde, schwarz weiß gesprenkelt mit kurzem, glattem Fell und langem, nacktem Schwanz. Sein Blick war umwerfend treuherzig. Mit so einem Augenaufschlag hätte jeder Staubsaugervertreter seine Umsätze erheblich steigern können! Muckos Revier war der Hopfengarten und der Obere Stadtweg mit seinen angrenzenden Seitenstraßen. Klapperte in unserem Hof der Mülltonnendeckel, dann meinte Tante Rosa: „Schau doch mal nach, da ist sicher der Mucko wieder über der Mülltonne her und sucht nach Leckerbissen!" Und richtig! Mucko trug stolz einen alten Suppenknochen als Trophäe auf die Straße hinaus. Wir Kinder mochten den Hund gerne, weil er sich streicheln ließ und zutraulich mit dem Schwanz wedelte. Entdeckte er aber eine Katze in seiner Nähe, dann raste er wie elektrisiert los und nahm die Jagd auf. Frau Monis Katze aus dem Hinterhaus verfolgte von einem sicheren Plätzchen im Apfelbaum seine vergebliche Mühen.

Am Oberen Stadtweg gab es in unserer Nähe auch eine Schäferhündin. Sie bewachte das Anwesen der Wäscherei und Heißmangel Stuhlmiller und hörte auf den Namen"Alma". Wir Kinder nannten sie aber aus unerklärlichen Gründen nur "Brele". Immer wieder hatte Tante Rosa einen Berg Wäsche, den wir mit ihr zur Heißmangel bringen sollten. Nach einer Stunde war er zum Rücktransport fertig. Die Wartezeit verbrachten wir mit "Brele", der gutmütigen Schäferhündin. Mucko verehrte Alma ebenfalls und stattete ihr immer wieder einen kurzen Besuch ab, wenn das Gartentürchen bei Stuhlmillers offen stand. Er streifte kurz herein, beschnüffelte Alma prüfend und trollte sich meist wieder.
Aufregung brachten Muckos Besuche erst, wenn Alma läufig war. Mucko erwies sich als hartnäckiger Liebhaber, der von seiner angebeteten Alma nicht lassen wollte und sich nicht vertreiben ließ. So blieb Stuhlmillers nichts anderes übrig, als Alma in den Keller zu sperren, von wo ihr Wehklagen auf die Straße herauf klang, weil sie vergessen hatten, die gekippten Kellerfenster zu schließen. Mucko rannte aufgeregt bellend vor dem Haus auf und ab, hüpfte über den Gartenzaun und zwängte sich als sportlicher Liebhaber durch das halb geöffne-

te Fenster, um seine Liebste mit seiner Gegenwart zu erfreuen. Neun Wochen später brachte Alma fünf schwarz-weiß gesprenkelte Schäferhundwelpen mit nackten Schwänzchen zur Welt. Arme Kreaturen!

Hunde zogen mich immer an. Wie gerne hätte ich auch daheim so ein Tier gehabt! Dafür war unsere Wohnung total ungeeignet: Sechs Personen in einer Vierzimmerwohnung, alle Räume waren bis auf die letzte Lücke belegt. Daher gab es für meinen Hundewunsch keine reale Chance. Das wusste ich genau und verdrängte jede Hoffnung, Hundebesitzer zu werden. Doch plötzlich flackerte ein wenig Hoffnung auf. Auf dem Heimweg von der Straßenbahn hörte ich hinter mir ein Hecheln. Als ich mich umwandte, saß hinter mir ein kleiner brauner Kurzhaardackel, der mir wohl nachgelaufen war. Ich kniete mich nieder, um den kleinen Kerl zu streicheln. Dankbar leckte er mir die Hände ab. Beim Weitergehen folgte mir der Dackel bis zu unserer Haustüre am Oberen Stadtweg. „Geh' schön heim zum Fraule," sagte ich zum Abschied, schloss schnell das Hoftürchen und sprang zum Treppenhaus. Der Hund bellte kurz, schlüpfte unter dem Zaun durch und kam mir nach. „Geh' heim, ich kann dich hier nicht brauchen!" rief ich aufgeregt. Meine Worte zeigten keine Wirkung. Im Gegenteil: Der Dackel sprang freudig an mir hoch. Als ich die Haustüre öffnete und das Treppenhaus betrat, hüpfte er gleich in den ersten Stock. An unserer Wohnungstür machte er "Sitz" und scharrte mit den Vorderläufen. Tante Rosa wollte nachschauen, was da an der Türe kratzt und öffnete. Wusch- war der Hund schon drinnen und umkreiste den Küchentisch. „Bring' sofort den Hund runter, den können wir hier nicht brauchen!" „Mach ich gerne, der kommt aber gleich wieder zurück!" antwortete ich. Nun versuchten wir beide, den Dackel auf die Straße zu bringen, aber immer wieder entwischte er und war vor uns in der Wohnung. Laut bellend machte er uns klar, wo sein neuer Lebensraum sein sollte: Bei Familie Hierdeis am Oberen Stadtweg!
Jetzt musste sich selbst Tante Rosa geschlagen geben und kramte einen alten Lumpen als Liegeplatz für unseren Gast hervor. Dann brachte sie einen Blechnapf, aus welchem der Hund gierig Wasser schlabberte. Da der Hund noch keinen Namen hatte nannte ich ihn "Schnuffi", weil er überall herumschnüffelte. Als meine Mutter nach Hause kam, war ihr erster Kommentar: „Schau, dass du den Hund schleunigst los wirst. Hier haben wir keinen Platz!" „Ich kümmere mich darum!" meinte ich und hoffte insgeheim, dass Schnuffi doch bei uns eine Heimat finden könnte. Die Mutter legte mir ein paar leere Rechenblätter hin. Auf diese schrieb ich:

Kleiner Dackel zugelaufen. Abzuholen bei Familie Hierdeis, Oberer Stadtweg 23.

Die Zettel hängte ich in der Osterfeldstraße an Zäune und Telefonstangen sowie bei Weegers ins Schaufenster, in der Hoffnung, dass sie niemand lesen würde. Abends, wir saßen gerade beim Abendessen, hörten wir ein Motorengeräusch vor unserem Haus. Ein großer amerikanischer "Schlitten" hielt an und eine Frau stieg aus. Mit der Taschenlampe leuchtete sie die Hauswand ab und suchte wohl nach der Hausnummer. Dann stellte sie den Motor ab, betrat schnurstracks unser Haus, kam die Treppen hoch und läutete an unserer Wohnungstür. Tante Rosa öffnete und vor ihr stand eine sehr kräftige, farbige Amerikanerin. „Did you find my little dog?" fragte sie und Schnuffi stürmte ihr sofort entgegen. Er hatte seine Herrin an der Stimme erkannt. Sie machte einen Freudenschrei, hob ihren Hund hoch und rief überglücklich: „Oh baby, baby, baby! Dabei küsste sie ihn ab und drückte ihn fest an sich. Dann stürmte sie die Treppen hinunter und brauste mit ihrem Wagen davon.

Wir waren den Hund los und ich blieb traurig zurück. Aus und vorbei mit meinem Hundetraum! Am nächsten Tag kam die Amerikanerin nochmals zurück und brachte uns Kaugummis und Schokolade. Mir drückte sie einen kleine Aufziehdackel in die Hand als Ersatz für Schnuffi. Meine Freude hielt sich in Grenzen...

Hausmusik

„Mit Recht erscheint uns das Klavier, wenn's schön poliert, als Zimmerzier. Ob's außerdem Genuss verschafft, bleibt hin und wieder zweifelhaft." So schrieb der berühmte Wilhelm Busch. Auch bei uns stand ab dem Jahre 1950 ein wunderbar aufbereitetes Klavier im Wohnzimmer, das unsere Mutter mit Hilfe einer Renten-nachzahlung finanziert hatte. Ihr war ein Klavier sehr wichtig, da sie selbst recht gut spielte und unbedingt wollte, dass auch ihre Kinder das Klavierspiel erlernen. Aus finanziellen Gründen erhielt zunächst nur der älteste Bruder Klavierunter-richt. Wir anderen drei klimperten vorläufig nur zum Spaß auf dem Instrument herum und versuchten, ihm mehr oder weniger erfolgreich wohlklingende Melodien und Harmonien zu entlocken. Unsere Mutter tolerierte diese Versuche und zog sich für ihre schulischen Arbeiten aus dem Wohnzimmer in die Küche zurück. Während drei Brüder im Laufe der Zeit mehr Gefallen an klassischer Musik fanden, fuhr Bruder Dietmar gänzlich auf Schlager und Jazz ab. Für die unfreiwilligen Zuhörer unserer Künste in den Wohnungen unter und über uns muss dieser ständige Stilwechsel sehr schmerzhaft gewesen sein.

Eines Tages brachte ein Spediteur ein weiteres Klavier. Es war das Instrument meiner Mutter aus ihrer Berliner Heimat und wurde im "kleinen Kinderzimmer" untergebracht. Eine neue Heraus-forderung für alle Hausbewohner! Während man im Wohnzimmer Mozart oder Bach übte, dröhnte gleichzeitig Dietmars Schlagerparade aus dem Kin-derzimmer. Das Hörereignis war schon in unserer Wohnung kaum zu ertragen, wie muss es erst auf  unsere Mitbewohner gewirkt haben! Belastend kam noch hinzu, dass das Berli-ner Klavier einen Riss im Stimmstock hatte und sich nicht sauber stimmen ließ. Es klang wie ein "schräger Otto" aus den dreißiger Jahren. Dies schien aber Dietmars Spielfreude eher noch zu beflügeln. Trotzdem blieb Kritik an unserem Übungsdrang von Seiten des Hausherrn aus, weil er meinte, die Buben müssten eben üben. Das doppelte Klavierspiel war also für Herrn Schuster kein Problem. Empfindlich reagierte er aber, wenn seine Deckenlampe in Küche oder Wohn-zimmer schwankte, weil wir Buben im Zimmer über ihm ein Kämpfchen austrugen oder im Kinderzimmer Tischtennis mit Rundlauf spielten. Dann klopfte er wütend mit dem Besenstiel gegen die Decke. Dies war für uns das Signal, unser Toben einzustellen. Schließlich wollten wir den Hausherrn nicht provozieren und zu uns herauf locken. Das passierte mitunter, wenn wir die Heftigkeit seiner Deckenstöße im Kampfgetümmel ignorierten.

Als ich 1951 ins Gymnasium kam, schenkte mir eine Tante, sie war pensionierte Lehrerin, ihre Geige. Da der Geigenunterricht kostenlos angeboten. wurde, meldete mich die Mutter umgehend an. Daheim setzte ich mit meinem Gekratze einen neuen klanglichen Akzent in die Hausmusikszene. Aus zwei Zimmern hörte man Klavierspiel, aus dem dritten das jämmerliche Geschabe eines Anfängers.

„Wenn du nicht sofort mit deinem Gezirpe aufhörst, dann zerschellen wir deine Geige an der Wand!" schimpften meine Brüder.

 Unter diesen Drohungen hielt ich mich mit dem Üben zurück. Die Folge war, dass mich, wann immer ich mit meinem Geigenkasten auftauchte, jeder bat, diesen besser geschlossen zu halten. Da war bald klar, dass es für mich als Geiger keine Zukunft gab. Nur der Musiklehrer am Gymnasium glaubte an mich. Er suchte dringend Streicher für sein Schulorchester und feuerte mich immer wieder an durchzuhalten. Ab der 7. Klasse berief er mich ins Orchester. Beim ersten Schulkonzert im Pfarrsaal von St. Moritz saß ich am letzten Pult. Hinterher meinte meine Mutter, die den Auftritt "ihres Geigers" unbedingt miterleben wollte: „Das Orchester hat ja ganz nett gespielt, aber wo warst denn du, dich habe ich gar nicht gesehen? Hat man dich am Ende nicht mitspielen lassen?" „Doch, doch," sagte ich kleinlaut, „ich saß nur hinter dem Vorhang, den haben sie nicht ganz aufgezogen, weil ich die gemeinsamen Auf-und Abstriche nicht einhalten konnte." So blieb meine "Geigenkunst" vor der Öffentlichkeit verborgen. Besser ging es mir da schon beim Singen.

In vielen Familien zeigen stolze Eltern, wenn Besuch kommt die Zeugnisse ihrer Sprösslinge vor oder schleppen andere Beweise der geistigen Leistungsfähigkeit ihrer Ableger herbei. Unsere Mutter konnte diesbezüglich nicht besonders mit uns punkten, wusste sich aber zu helfen. Dietmar und ich hatten sehr schöne Kinderstimmen. Kam Besuch, wurden wir angewiesen, pünktlich zu einer festgelegten Zeit sauber gewaschen im Wohnzimmer zu erscheinen. Die Mutter setzte sich ans Klavier und wir durften den erfreuten Gästen Lieder vorsingen,

z.B.:„Abends will ich schlafen geh'n..." aus der Oper Hänsel und Gretel. Da bekamen die Besucher vor Rührung feuchte Augen.
Voll Erstaunen hieß es: „Wunderbar, Frau Hierdeis, so glockenreine Stimmen,
nein, ihre Buben, einfach herrlich und so nett wie die sind, die werden sicher mal
große Sänger..." Unsere Mutter meinte nur: „Wir werden schon sehen", und an
uns gewandt: „So, ihr verzieht euch jetzt wieder und geht spielen!"

Derartige Vorführungen konnten wir beide nicht leiden. Wer singt schon gerne
am helllichten Nachmittag sauber gewaschen: „Abends will ich schlafen geh'n?"
und noch dazu aus einem spannenden Fußballkampf herausgerissen!

Herr Schwarz hat einen Film!

Aus unserer Kindheit gibt es nur wenige Fotos. Wir hatten zwar einen kleinen Fotoapparat aus der Vorkriegszeit herübergerettet, es war eine Agfa-Box, bekamen dafür aber keine Filme. Man war also auf gute Geister angewiesen, die irgend woher einen Film ergatterten. Solch ein guter Geist hieß: Herr Schwarz. Er war schon vor dem Krieg mit meinen Eltern befreundet und nahm nach dem Tode meines Vaters immer wieder Kontakt zu unserer Familie auf. Inzwischen hatte er selbst eine große Familie mit einer stattlichen Zahl an Mädchen und zwei Jungen.

Kurz nach meiner Erstkommunion spielten wir vier Brüder mit meinem neuen Ball und vielen Freunden auf dem Sportplatz an der Osterfeldstraße Fußball. Der Kampf war gerade so richtig entbrannt, als unsere Tante am Spielfeldrand auftauchte und rief: „Bernhard, Helmwart, Dietmar, Winfried heimkommen, Herr Schwarz ist da!" „Das ist mir doch Wurst!" antwortete Bernhard, „es ist gerade so spannend, da können wir nicht abbrechen!" „Und ob ihr jetzt heimkommt, Herr Schwarz hat einen Film und will unsere Familie fotografieren!" „Ja muss denn das unbedingt sein?" fragte Helmwart. „Ihr habt mich verstanden, und wenn ihr eine Woche Fußballverbot wollt, dann könnt ihr jetzt weiterspielen!" Die Tante machte auf dem Absatz kehrt und ließ uns ohne weitere Diskussionen stehen. Wir schauten uns belämmert an und trotteten wütend hinter ihr her. Was konnte man bei solchen Drohungen auch schon machen! Daheim angekommen hörten wir ein fröhliches Lachen aus unserer Wohnung. Herr Schwarz hatte nicht nur den Film sondern auch drei seiner Töchter mitgebracht. Diese waren etwa gleich alt wie wir. Da wir völlig verschwitzt waren, sprach die älteste: „Na, Papa, so kannst du die Hierdeisbuben aber nicht fotografieren, wie die aussehen! Da bekommen die Bilder ja Dreckflecken!"

„Also, meine Herren, macht euch schön, damit wir saubere Bilder von euch bekommen!" rief Herr Schwarz und zwinkerte uns grinsend zu. Unsere Mutter meinte: „Schaut her, ich habe mich auch schon fein gemacht und mein Sonntagskleid angezogen und Tante Rosa ist gerade dabei, sich umzuziehen!" Was blieb uns da anderes übrig, als uns zu waschen. Mit einer Fettcreme wurden die Haare gescheitelt und in eine Richtung geplättet. So aufgestylt traten wir vor Herrn Schwarz. Dieser bat uns auf den Balkon, weil es dort zum Fotografieren heller sei als in der Wohnung.

Die Mädchen amüsierten sich über unser Aussehen und ließen abfällige Äußerungen fallen: „Mann, schauen die vier aber doof aus, wie polierte Lackaffen!" und so ähnlich.

Wütend und total genervt stellten wir uns zum Familienbild auf. Herr Schwarz bemühte sich, uns mit allerlei Spaßen eine freundliche Miene zu entlocken. Da hatte er aber Pech, wir dachten gar nicht daran, freundlich zu schauen.

Zur Krönung der Fotoserie holte Herr Schwarz auch noch seine Töchter mit auf's Bild. Was meine großen Brüder darüber dachten, lässt sich aus dem neben-stehenden Foto leicht ablei-

ten. Vor allem Helmwart und Dietmar stand die Wut in's Gesicht geschrieben. Aber Hauptsache, die Knipserei war jetzt vorbei! Wir schnappten unseren Ball und sausten auf den Sportplatz zurück. Dort wurden wir schon heiß erwartet. Bei unserer Ankunft meinte einer der Mitspieler: „Mensch, was ham's denn mit euch g'macht, ihr schaut ja Scheiße aus!?" „Halt bloß die Gosch, sonst kriegsch a' solche Schelln, dass di' dei' Mama nimmer erkennt!" brüllte Bernhard und drosch den Ball ins Spielfeld hinein. Der Kampf konnte losgehen.

Intensive Düngung braucht Zeit

Das Düngen hatte in Stadtbergen eine lange Tradition, deren Pflege man deutlich wahrnehmen konnte. An manchen Tagen zogen solch üble Gerüche über die Gemeinde hinweg, dass niemand mehr wagte, die Fenster zu öffnen. In Ermangelung einer Kanalisation wurden die Versitzgruben in regelmäßigen Abständen leer gepumpt, die Güllewagen breiteten ihren Inhalt auf die umliegenden Wiesen und Felder. Da diese Stadtbergen von allen Seiten umgaben, hielt der Gestank im Ort aus allen Himmelsrichtungen Einzug.

Seit 1951 hatten wir einen kleinen Garten in der Beethovenstraße. Unsere Tante Rosa beharrte auf ihrer Meinung, nur mit ausreichend Dung versorgte Pflanzen brächten gute Erträge. Sie kam schließlich aus einem Bauernhof und musste es wissen. Ihre Ansicht unterstrich sie mit dem Auftrag, uns stets nach geeignetem Material umzuschauen. Ein paar Möglichkeiten dazu boten sich an:
In Stadtbergen gab es einige Fuhrwerke. Eines gehörte dem Kohlenhans (Knöpfle), der mit seinem alten Gaul Heizmaterialien ausfuhr, ein anderes war als Stadtberger Müllabfuhr im Einsatz. Mehrere Gemeindearbeiter leerten alle paar Wochen die Tonnen, ein drittes Fuhrwerk war der Leichenwagen, ein schwarzer Kastenwagen mit seitlich silbern aufgemalten Palmzweigen. Totengräber Waal saß mit einem Helfer auf dem Kutschbock und kutschierte seine traurige Fuhre dem Friedhof zu. Ein weiteres Fuhrwerk gehörte dem Bauern Sattelmayer, der mit seinem Ochsengespann den Oberen Stadtweg hinunterzockelte, um auf seinen Wiesen hinter dem Schlaugraben nach dem Rechten zu sehen. Hörte man das Gerumpel der Fuhrwerke, wurde genau beobachtet, ob nicht eines der Tiere in der Nähe des Hauses etwas fallen ließ. Der Dung war ja heiß begehrt!

Kuhfladen wurden verständlicherweise erst abgetragen, wenn sich ihre Konsistenz etwas verfestigt hatte und das konnte je nach Wetterlage dauern. Aber Pferdeäpfel! Unsere Tante rief: „Ich glaube, der Kohlenhans ist vorbeigefahren. Schaut mal, ob ihr nicht ein paar Pferdeäpfel findet. Nehmt gleich Schaufel und Eimer mit!"
Dann sausten Dietmar und ich los und suchten die Straße ab. Wenn man sich dabei aber zu weit vom Haus entfernte, wurde man sofort von den Besitzern der nächsten Anwesen, die auch schon auf Pferdeäpfel warteten, vertrieben:

„Ja, warum meint's ihr, dass wir hier stehen? Schleicht's euch mit eure Eimer, das ist unser Straßenabschnitt! Die hier anfallenden Rossbollen gehören uns!"
Wenn wir mit leerem Eimer zurückkamen, schmollte Tante Rosa und sann angestrengt nach, wie sie trotzdem zu ihrem Dung kommen könnte. Eines Tages hatte sie wohl die Idee!

„Dietmar und Winfried, für euch habe ich eine schöne Aufgabe. Ihr müsst mir aus der Jauchegrube hinter dem Haus eine Regentonne mit Gülle füllen und in den Garten hinüberfahren. Der Herr Schuster hat euch den langen Schöpfer schon hingestellt. Er leiht euch auch seinen Leiterwagen. Als Lohn mache ich euch heute zum Mittagessen Dampfnudeln mit Heidelbeerkompott!" Das waren tolle Aussichten nach dieser anrüchigen Arbeit. Die Tante brauchte keine weiteren Worte verlieren und konnte mit unserer Einsatzbereitschaft rechnen.

Neben der Güllegrube stand schon der Wagen bereit. Er hatte eine lange Deichsel, die mit der beweglichen Vorderachse in Verbindung stand. Damit konnte man ganz prima lenken. Der Wagen hatte aber keine Seitenwände sondern nur eine stabile Bodenplatte. Wir stellten die leere Tonne darauf und achteten dabei, dass sie zur Stabilisierung schön mittig stand. Dann hob Dietmar den Deckel der Grube ab und grässlicher Gestank erfüllte den Hinterhof.
Der Schöpfer war an einem langen Stiel befestigt. Dietmar stocherte in der Grube herum und Fäkalien tauchten auf. Dann schöpfte er Jauche ab und kippte sie vorsichtig in die Tonne, damit keiner einen Spritzer abbekam. Als die Tonne voll war, schoben wir den Deckel der Grube zu, wuschen mit der Gießkanne den Schöpfer sauber und zogen unser Gefährt vorsichtig zur gegenüberliegenden Straßenseite vor Strohmayers Haus.

Als wir den Wagen nach links einschlugen und etwas ruckartig anfuhren, kippte die Jauchetonne zur Seite. Ihr Inhalt ergoss sich auf den Gehweg. Jauche, Fäkalien und Toilettenpapier "zierten" Strohmayers Gartenzaun.

„Sauerei!" schrien wir gleichzeitig und stellten die Tonne zurück auf den Wagen. Durch unser Geschrei und den Gestank herausgelockt kam Oma Strohmayer schon angehumpelt. „Ja, Buaba, dös kann ma fei it so lossa, dös stinkt ja barbarisch, Bua, do wenn der Gendarm kommt!" rief sie entsetzt und fuchtelte aufgeregt mit dem Krückstock. Also holten wir Gießkannen und Besen und stellten erst mal Oma Strohmayer zufrieden. Dann nahmen wir den nächsten Anlauf, um die Tonne abzufüllen. Hausherr Schuster schaute auch nach uns und brummte: „So langsam könnt's ihr aber scho aufhöra mit euerm G'schtank!"

Das wollten wir ja gerne, verschlossen die Grube und fuhren mit dem Karren äußerst vorsichtig zum Garten hinüber. Wir hatten die Tücken dieses Gefährtes begriffen. Jetzt konnte nichts mehr passieren. Dietmar sperrte das Gartentürchen auf und wir zogen den Wagen über eine kleine Schwelle hinein: Plumps, mit Getöse rutschte die Tonne hinter uns vom Wagen und ergoss sich im Eingangsbereich auf die Wiese! Wieder nichts! Schweinerei! Da blieb uns nichts anderes übrig, als einen dritten Anlauf zu nehmen, um Tante Rosas Auftrag zu erfüllen. „Wo wart ihr denn so lange?" fragte Tante Rosa, „braucht man zum Abfüllen einer Jauchetonne zwei Stunden?" „Wir schon", gaben wir einstimmig zur Antwort und wuschen uns gründlich.

Sankt Nikolaus, du guter Mann....

Meine Begegnung mit dem Heiligen Nikolaus lief nicht so ab, wie sie sich heute üblicherweise abspielt: Da sagt der Bubi mit vor Aufregung geröteten Backen sein Verslein auf: „Sankt Nikolaus, du guter Mann, schau her zu mir, was ich schon kann, ich bin jetzt immer lieb und nett, geh' ohne Jammern in mein Bett, drum breite deine Gaben aus, bevor du fortgehst aus dem Haus!" Alle Erwachsenen lächeln zufrieden und Sankt Nikolaus liest aus seinem goldenen Buch einige Verfehlungen vor, die allesamt recht harmlos sind, zum Beispiel: Bubi hat Papas PC mehrfach zum Absturz gebracht, Bubi hat zur Kindergartentante zweimal ein böses Wort gesagt...

Zum Lohn erhält der Bubi einen wunderbaren Lebkuchen, Mandarinen, Süßigkeiten und erlesene Schokoladen, die in einem riesigen Adventskalender eingearbeitet sind und dazu noch eine Playmobil-Ritterburg. Am Ende der Feier wird der Bubi zum Küssen für die anwesende Verwandtschaft freigegeben, weil er doch so tapfer war!

Nein, bei mir war alles ganz anders, obwohl auch ich ein Gedicht gelernt hatte: „Lieber, guter, heil'ger Mann, schau nicht auf das, was ich getan, lass´ dich nicht verdrießen, dann muss ich auch nicht büßen!"
Es war das Jahr 1946. Im ersten Nachkriegsjahr gab es kaum etwas Süßes. Das Wenige, was es zu kaufen gab, wurde mit Hilfe von Marken zugeteilt: Zucker, Mehl, Backzutaten, Milch, Eier, Fett und Kunsthonig. Zur Herstellung von Plätzchen und Lebkuchen brauchte man viel Fantasie. Unsere Tante Rosa begann schon im November mit der Weihnachtsbäckerei und sammelte in verschiedenen Blechdosen die Ergebnisse ihrer "Backkunst". Bei unserer Großfamilie musste sie rechtzeitig Vorräte anlegen. Bruder Dietmar und ich hatten es vor allem auf die Lebkuchenwürfel abgesehen, die durch den Gebrauch von Kunsthonig äußerst süß schmeckten und am Gaumen festklebten. Wir nannten sie daher "Klebkuchen". Schon beim Herstellen des Teiges kreisten wir wie die Geier um den Küchentisch, um ja einen Batzen Teig oder einen Tropfen Kunsthonig zu ergattern. Unsere Tante war von unseren ständigen Attacken ziemlich genervt und schimpfte gereizt: „Verzieht euch ins Kinderzimmer, ihr seid ja schlimmer als Schmeißfliegen, ich will euch hier nicht mehr sehen!"
Am nächsten Morgen roch es zwar noch nach Lebkuchen, doch alle Hinweise

auf die gestrige Weihnachtsbäckerei waren verschwunden. Tante Rosa hatte reinen Tisch gemacht.

Als unsere Mutter mit der Tante am Abend zu einem Vortrag in die Stadt fuhr und unsere großen Brüder in der Nachbarschaft beim Kartenspiel saßen, ergab sich für uns die Gelegenheit, ungestört die "Klebkuchen" aufzustöbern. Und wir wurden fündig! Sie waren in einer roten Blechdose im Schlafzimmerschrank unter einem Berg Unterwäsche versteckt. Dietmar öffnete den Deckel und sogleich stopften wir uns gierig die Lebkuchenwürfel in den Mund. Als der Inhalt sichtbar abgenommen hatte, flüsterte Dietmar: „Jeder nimmt noch einen, dann stellen wir die Dose zurück, sonst merkt die Tante was." In der Vorfreude, dass wir am Nikolausabend schon wieder köstliche Lebkuchen bekommen würden, schliefen wir selig ein.

Am nächsten Morgen wurden wir beide lautstark aus unseren Träumen gerissen. „Raus mit euch und ab ins Schlafzimmer, ihr Plätzchenräuber!" tobte unsere Tante.
Sie war beim Anziehen vor dem Schlafzimmerschrank in Lebkuchenbrösel getreten und hatte den Diebstahl entdeckt. „So, Freunde, ihr braucht nichts abstreiten, die Dose ist eh schon halb leer gefressen. Zur Strafe werd' ich den Raub dem heiligen Nikolaus melden. Ihr wisst ja sicher, dass der Knecht Ruprecht Diebe gleich in seinen Sack steckt!"
„Da nehme ich halt eine Schere mit und schneide den Sack auf, so kann mir nichts passieren," gab ich zur Antwort. „Du hast ja keine Ahnung!!" meinte Tante Rosa, rannte in die Küche und warf wütend die Türe hinter sich zu. Ein paar Tage später war Nikolaustag. Familie Weeger, unsere freundlichen Nachbarn, lud die Kinder aus der Nachbarschaft zu einer Nikolausfeier ein. Man zog uns saubere Hosen und einen frischen Pulli an, die Haare wurden mit einer weißen Creme eingefettet, damit sie in der gekämmten Richtung auch liegen blieben.

So herausgeputzt stiefelten wir am Abend mit unserer Mutter und Tante Rosa zu Weegers hinüber. Ich nahm zur Vorsicht die kleine Schere mit und versenkte sie in meiner Hosentasche. Man konnte ja nicht wissen!

Als endlich ein Glöckchen erklang, betrat der heilige Nikolaus das Wohnzimmer, gefolgt von seinem polternden Knecht Ruprecht, der einen Sack hinter sich in das Zimmer zerrte und mit der Rute energisch auf den Boden schlug. Dietmar und mir wurde es beim Anblick dieses wilden Gesellen ganz unheimlich. Schließlich glaubten wir, Heilige dulden in ihrer Umgebung keine bösen Menschen. Da lagen wir wohl falsch!

Zuerst sangen wir gemeinsam: „Lasst uns froh und munter sein", dann las der heilige Mann aus seinem goldenen Buch vor. Von allen Kindern konnte er nur Gutes berichten und bat deshalb seinen Knecht, die Gaben zu verteilen. Noch bevor Dietmar und ich dran kamen, waren alle Geschenke weg. Ruprecht zeigte dem Nikolaus den leeren Sack, haute mit der Rute drohend auf den Boden und brummte: „Heiliger Nikolaus, mir ham nix mehr im Sack, i glob, mir könna geha!" „Oh nein, Knecht Ruprecht, sprach Sankt Nikolaus, „da sind noch die zwei Hierdeisbuben, mit denen habe ich noch ein ernstes Wörtchen zu reden! Die beiden sollen hervortreten. Zuerst der Kleine, der Muck!" Mit hochrotem Kopf tippelte ich vor den Nikolaus, die rechte Hand in der Hosentasche. „Was hältst du da in deiner Hosentasche fest?" fragte der Bischof. „Nnnnnnix," stammelte ich, „bloß mein Taschentuch."

„Und warum nimmst du die Hand nicht heraus?" „Weil es mir so kalt ist", gab ich zur Antwort. Das glaubte mir Sankt Nikolaus aber nicht, denn ich hatte vor lauter Aufregung und Verlegenheit knallrote Backen. Er sprach: „Knecht Ruprecht, sieh nach, was der Muck in seiner Tasche hat!" und Ruprecht zog mir blitzschnell die Hand aus der Hosentasche. Dabei fiel die Schere auf den Boden!

„Ha, da haben wir's, was willst du mit einer Schere beim heiligen Nikolaus.?" „Tante Rosa hat gesagt, Knecht Ruprecht nimmt Diebe im Sack mit und wir haben doch Lebkuchen stibitzt. Mit der Schere wollte ich den Sack aufschneiden!"

„Stibitzen nennst du das, wenn ihr eine halbe Dose ausleert! Ihr kommt zwar nicht in den Sack, und die Schere kannst du wieder mit nach Hause nehmen! Dafür gibt es heuer nichts für euch vom Nikolaus, ihr Räuber! Ob ihr an Weihnachten noch Lebkuchen bekommt steht in den Sternen. Wie ich erfahren habe, hat eure Tante schon allen Kunsthonig verbraucht, nicht wahr?" Tante Rosa nickte zustimmend.

Beschämt und niedergeschlagen saßen wir unter den beschenkten Kindern, die den Nikolaus fröhlich singend verabschiedeten: „Nik'laus ist ein guter Mann, dem man nicht g'nug danken kann, lustig, lustig, tra-la-la-la-la..." Wir beide sangen aber nicht mit. Vor Wut brachten wir beide keinen Ton heraus.

Erst auf dem Heimweg fand Dietmar seine Stimme wieder und fauchte mir zu:

„Das ist alles gelogen. Der Nikolaus ist gar kein guter Mann, tra-la-la-la-la!"
Zu Hause angekommen, wollten wir uns traurig in unser Zimmer verziehen, da rief die Mutter: „Hallo, ihr beiden, schaut mal ins Wohnzimmer, für euch wurde etwas abgegeben." Und tatsächlich! Auf einem Teller lagen zwei schön gebackene Nikoläuse – aus Lebkuchen! Da hat wohl unsere Tante den heiligen Nikolaus mit ihrer Güte links überholt. Wir fragten aber nicht länger nach, sondern waren einfach nur froh, dass sie schmeckten wie unsere Lebkuchenwürfel und auch am Gaumen festklebten. Einfach wunderbar!

Advent, Advent...

Die Adventszeit wurde in unserer Familie mit viel Hingabe gestaltet. Vor allem an den Adventssonntagen nahm man sich abends Zeit, gemeinsam am Adventskranz zu musizieren oder Geschichten vorzulesen. Anschließend blieben wir noch in der warmen Küche sitzen um auszuloten, was man sich eventuell wünschen könnte. Große Geschenke waren nicht zu erwarten, dazu verdiente unsere Mutter zu wenig. In der Regel blieb die Diskussion schon bei dem Thema „Anziehsachen" stecken. „Winfried kann Dietmars lange Hose übernehmen, der ist aus dem guten Stück herausgewachsen. Vielleicht kann Helmwart dem Dietmar seine Sonntagshose vererben. Die sieht noch ganz gut aus. Unsere beiden Großen brauchen heuer neue Hosen. So wie die rumlaufen kann man nicht mehr unter die Leute gehen!" Tante Rosa erklärte sich bereit, für jeden von uns ein paar warme Kniestrümpfe zu stricken, wenn sie es bis Weihnachten noch schaffe. „Ich habe von Frau Meier zwei alte Pullover geschenkt bekommen, die werde ich zu diesem Zweck auftrennen. Hoffentlich reicht die Wolle." „Fang' halt zuerst mit den Strümpfen für die großen Brüder an, dann siehst du ja, wie weit du kommst. Dietmar und ich warten gerne", schlug ich verschmitzt vor. Bernhard und Helmwart verdrehten die Augen, als sie meinen Vorschlag hörten und trugen mir leise fauchend Watschen an. Da allein der Gedanke an Tantes Kniestrümpfe einen unbändigen Juckreiz auslöste, begannen wir uns fast gleichzeitig an den Waden zu kratzen.

Dietmar und ich erhielten eine Mark Taschengeld im Monat. Durch kleine Botengänge und Zuwendungen aus der Verwandtschaft konnten wir den Betrag ein wenig aufstocken, so dass wir zur Hubertus-Drogerie in die Bismarckstraße ziehen konnten, um für die Mutter und Tante Rosa eine Kleinigkeit zu finden. Drogist Vollmair war uns ein sehr geduldiger, freundlicher Berater. Unsere Mutter sollte ein Fläschchen 4711 erhalten. Das war gerade noch erschwinglich für uns, Tante Rosa wollten wir mit einem Stück Palmolive Handseife überraschen. Natürlich packten wir die Geschenke in Weihnachtspapier ein, um den Überraschungseffekt zu steigern.
Die Geschenke für die Brüder fielen notgedrungen kleiner aus. Sie erhielten je einen weichen und harten Bleistift mit Spitzer, natürlich ebenfalls toll verpackt. Dann suchten wir in unserem Kinderzimmer nach einem Versteck, das sich bis

zum heiligen Abend bewähren sollte. Hinter den Büchern im Bücherregel schien uns der geeignetste Platz zu sein. Tante Rosa war kurz vor Weihnachten ganz nahe dran, dieses zu entlarven, weil sie sich wunderte, dass es in unserem Kinderzimmer so intensiv nach Seife roch. Wir suchten ständig nach neuen Ausreden. Auf jeden Fall glaubte sie uns nicht, dass wir uns neuerdings mehr waschen würden.

Dietmar und ich hatten nur einen Weihnachtswunsch, dessen Erfüllung aber in den Sternen lag: Eine Elektrische Eisenbahn Spur 0 von Fleischmann! Wir hatten schon längst den Katalog beim „Spielwaren Hartmann" mitgenommen und blätterten täglich abends darin. Unsere Wunschgarnitur bestand aus der Lok E 118 und drei beleuchtbaren Schnellzugswagen. Der Preis dafür war sehr hoch, aber wir meinten, wenn ein Wunsch schon unerfüllbar ist, dann wünschen wir uns gleich etwas Gescheites. Den ganzen Advent sprachen wir vor dem Einschlafen nur noch von unserer Eisenbahn, die sogar in den Träumen ihre Runden drehte.

Endlich Weihnachten!

Der Heilige Abend war früher bis 14 Uhr Fasttag. Also gab es zum Mittagessen nur Kartoffelsuppe. Tante Rosa verfeinerte sie geschmacklich mit Röstzwiebeln, was uns überhaupt nicht begeisterte. Wir fischten die schwarzen Zwiebelringe heraus und deponierten sie am Tellerrand. Das gefiel ihr aber nicht. Sie meinte, wir könnten als letztes Fastenopfer die Zwiebeln mitessen. Da wir im Advent aber schon genug gefastet und auf alle Süßigkeiten verzichtet hatten, waren wir nicht mehr bereit, die verkohlten Zwiebelringe als letztes Opfer hinein zu würgen. Nach dem Essen durften Bernhard und Helmwart der Tante beim Aufstellen des Baumes helfen. „Was habt ihr da für ein windiges Bäumchen heimgebracht, da fehlen im mittleren Bereich die Äste!" schimpfte sie los.„Schneidet unten ein paar Zweige heraus, die setzen wir dann oben ein."

Die Brüder folgten ihren Anweisungen. Anschließend bohrte sie Löcher in den Stamm, strich an den zugespitzten Zweigenden Uhu drauf und drehte die Zweige in den Stamm. Die Brüder bewunderten Tantes Kunstwerk und meinten: „Der Baum sieht besser aus wie eine Edeltanne. Toll, Tante!" Sie aber erwiderte: „So ein mickriges Bäumchen muss man nur einer Schönheitsoperation unterziehen, dann passt es schon. Jetzt kann der Heilige Abend kommen!" Nachdem wir vier Brüder den Baum mit Lametta und Christbaumkugeln geschmückt hatten, hieß es: „Alle raus, das Wohnzimmer ist bis heute Abend Sperrzone." Um uns die Zeit zu vertreiben, die einfach nicht vergehen wollte, spazierten wir in Richtung Ziegelstadel, immer dem Schlaugraben entlang. Es wurde schon dunkel, als wir daheim ankamen. Die Zeit unserer Abwesenheit nützten unsere Mutter und Tante Rosa, das Wohnzimmer anzuheizen und festlich zu schmücken. Endlich wurden wir zum Abendessen gerufen. Es gab Wienerle mit Semmeln. Plötzlich hörten wir aus der Wohnung unter uns das Lied „Stille Nacht." Ich rief ganz aufgeregt: „ Schusters machen schon Bescherung! Wann geht es denn bei uns endlich los."

„Wart's ab, lange kann es nicht mehr dauern."

Bald wurden wir in das wohlig warme Wohnzimmer geladen, wo die Kerzen des Weihnachtsbaumes den Raum festlich erleuchteten. Der große runde Wohnzimmertisch war mit einem Tuch abgedeckt um die Geschenke zu verbergen. Wir äugten neugierig auf die Konturen, welche sich abzeichneten. Was wir wohl heuer geschenkt bekommen? Die Enthüllung des Gabentisches wurde immer wieder hinausgeschoben. Zuerst sangen wir von Bernhard am Klavier begleitet

Weihnachtslieder, dann las die Mutter das Weihnachtsevangelium vor. Nun folgten nochmals ein paar weihnachtliche Weisen, die mit dem Lied „Zu Bethlehem geboren..." ihren Abschluss fanden. Die Mutter nahm nun die Abdeckung weg und meinte: „So, jetzt dürft ihr mal schauen, was das Christkind gebracht hat." Jedem wies sie den Platz an, wo die passenden Geschenke lagen. Dietmar und ich schauten schon etwas enttäuscht, als wir die Geschenke auf unserer Seite sahen. Zuerst packten wir das größte Päckchen aus. Es waren Tante Rosas Kniestrümpfe! Als ich zu den großen Brüdern hinüber sah, bemerkte ich, dass sie sich nur mit Mühe das Lachen verkneifen konnten. Die Hunde hatten wohl Tante Rosa umgepolt! Trotzdem bedankten wir uns bei der Tante herzlich, hatte sie sich doch so viel Mühe gemacht. Dietmar holte aus dem Kinderzimmer unsere Geschenke und übergab das Fläschchen 4711 an unsere Mutter und die Seife an Tante Rosa. Die Brüder erhielten die Bleistifte. Zum Schluss packte ich noch ein kleines Büchlein aus: „Der kleine Lateiner! „ Ein echter Volltreffer! Das war's wohl in diesem Jahr mit den Geschenken. Die Bescherung neigte sich schon dem Ende zu, da sagte unsere Mutter zu Dietmar und mir: „ Ich glaube, ihr solltet mal unter dem Tisch nachschauen, da steht noch was für euch." Wir tauchten beide ab und fanden einen großen Karton. Dietmar riss das Geschenkpapier herunter und öffnete. Ein zweistimmiger Freudenschrei erfüllte das Weihnachtszimmer. Da war sie ja, unsere elektrische Eisenbahn von Fleischmann Spur 0 mit Lok 118 und den beleuchtbaren Schnellzugswagen samt Trafo und Schienen. Der Jubel war unbeschreiblich. Überglücklich fielen wir unserer Mutter um den Hals, packten den Karton und verschwanden damit in's Kinderzimmer. Dort nahmen wir die Bahn sofort in Betrieb. Als sie störungsfrei ihre Runden drehte, riefen wir die ganze Familie zusammen, um den Zug zu bewundern. Im dunklen Zimmer sah das besonders beeindruckend aus, weil er hell erleuchtet durch die Nacht fuhr. Bald kam Jürgen Spiegel zu uns herunter um von seinen tollen Geschenken zu erzählen. Er hatte ein neues Fahrrad bekommen und war sehr stolz darauf. Erwin Schuster ließ auch nicht auf sich warten. Er hatte ein rotes Rennrad bekommen! Gemeinsam zogen wir nun mit unsere Bahn durchs Haus und zeigten sie freudig herum.

Das war eines der schönsten Weihnachtsfeste. Als wir ins Bett gingen, nahm Dietmar den Packwagen mit, ich legte den Speisewagen neben mein Kopfkissen. Die Lok E 118 musste vor dem Bett auf einem Stückchen Gleis auf ihren nächsten Einsatz warten. Der Frühzug sollte schon um 6 Uhr starten.

Neue Power

An einem verregneten Wochenende im Frühling 1953 schlug ich Bruder Dietmar vor: „Du, Dieze, wir könnten doch unsere elektrische Eisenbahn wieder einmal fahren lassen!" „Super, ich hole Kiste vom Schrank." rief er und rasch bauten wir mir den großen Gleisen der Spur O ein Oval auf den Boden, dazu mit unseren neuen Weichen zwei Abstellgleise für einen Bahnhof. Dann stellten wir die drei Schnellzugswagen mit der tollen Innenbeleuchtung samt Lok E 118 auf das Gleis. Schon beim ersten Anfahren der Lok bemerkten wir, dass die Stirnlampen viel heller als gewöhnlich leuchteten. Dietmar beschleunigte und gleich in der ersten Kurve fiel der Zug wegen überhöhter Geschwindigkeit aus den Gleisen. „Mann, die Lok haut aber ab! Ich glaube, wir müssen den Zug mit den Güterwagen verlängern, damit er schwerer wird.

Notfalls können wir die Wagen auch mit Bausteinen beladen." lautete mein Vorschlag. Ich kramte aus der Kiste fünf Güterwagen und hängte sie an die Schnellzugswagen. Die Lok spurtete mühelos mit dem langen Zug aus dem Bahnhof und stürzte schon in der nächsten Kurve aus den Schienen. „Mensch, fahr' doch nicht so schnell!" rief ich Dietmar zu, „stell' bitte den Zug auf das Gleis zurück, ich hole inzwischen die Brüder, damit sie sehen, was für einen Affenzahn unsere Lok drauf hat!" Weil es draußen schon dämmerte, knipste Helmwart das Licht beim Betreten des Zimmers an, doch"Knacks" die Birne war kaputt und es blieb dunkel.

„Macht nichts, „sagte ich, „unser Zug fährt ja beleuchtet!" Unsere Brüder waren von der Kraft unserer E 118 begeistert und schlugen vor, ein paar Steigungen in die Strecke einzubauen. So könnte man die Lok richtig herausfordern. Also bauten wir schiefe Ebenen in den Parcours ein. Die Lok meisterte alle neuen Anforderungen problemlos. Toll! Wir waren von unserer Lok E 118 total überzeugt. Plötzlich meinte Dietmar: „Komisch, der Trafo wird so heiß und riecht brenzlig! Ich stecke ihn lieber mal aus." Bevor er den Stecker ziehen konnte, knackte etwas im Trafo und die Bahn stellte schlagartig ihren Betrieb ein.

„So ein Scheiß!" schimpfte ich los, das kann doch nicht wahr sein, dass der Trafo nach so kurzer Zeit verreckt!" Inzwischen kam auch Tante Rosa in unser Zimmer. „Stellt euch vor, ich wollte eben Nachrichten hören, da hat unser Radio plötzlich geknistert, dann gab es einen Schlag und jetzt stinkt er fürchterlich und schweigt vor sich hin. Außerdem ist die Küchenlampe plötzlich ausgegangen. Ich glaube, da hat es einen Kurzschluss gegeben!"

„Das kann kein Zufall sein, dass unsere Elektrogeräte den Geist aufgeben. Ich gehe mal zu Schusters hinunter. Vielleicht wissen die, was da los ist." sagte Bruder Bernhard.

Schusters wussten aber auch nichts und saßen selbst im Dunkeln. „Ich schau mal zum Fenster raus, ob die Nachbarn Licht haben!" meinte Adolf Schuster.

Bei Spindlers auf der anderen Straßenseite war Licht in der Küche. Erwin sprang schnell hinüber und kam mit folgender Kunde zurück: „Spindlers hatten einen Zettel im Briefkasten, dass heute nachmittag um 15 Uhr der Strom von 110 V auf 220 Volt umgestellt wird. Darauf stand auch, was man alles tun muss, um Schäden zu vermeiden!"

„Super," meinte Herr Schuster, „und unser Haus wurde nicht informiert." Nun besorgte Bernhard wenigstens 220 V Glühbirnen beim Elektro-Zeiträg in der Südstraße, um die Dunkelheit zu verbannen. Die Lechwerke entschuldigten sich für das Versehen und ersetzten unsere Schäden. Wir aber bedauerten insgeheim, dass unsere Lok nie mehr zeigen konnte, was für ein Kraftpaket sie war.

Ich singe im Radio

Eines Tages kam Bruder Bernhard ziemlich sauer von der Chorprobe des „Kränz-
le-Chores" der Albert-Greiner Singschule heim. Dieser Chor setzte sich aus den
besten Sängern der Singschulklassen zusammen, die noch nicht im Stimmbruch
waren.
Singschullehrer Ludwig Kränzle schulte diesen Spezialchor, der als Lohn für die
Mühen bei der Matthäuspassion von Johann Sebastian Bach im Kongresssaal des
Deutschen Museums in München zusammen mit dem Münchner Rundfunkchor
unter der Leitung von Eugen Jochum, einem der ganz berühmten Dirigenten der
Nachkriegszeit, mitsingen durfte. Diese Auszeichnung erfüllte meine drei Brüder
jedes Jahr mit Stolz. Ich war ihnen sehr neidisch und hoffte daher, dass ich auch
einmal in den Genuss eines solch tollen Erlebnisses kommen würde.

Also fragte ich meinen Bruder Bernhard, warum er so stinkig sei. „Ich darf nicht
mehr nach München mitfahren," brummte er, „der Herr Kränzle sagt, ich wäre im
Stimmbruch und damit könne er mich nicht mehr brauchen."
„Sag ihm doch, du hättest einen kleinen Bruder, der nicht im Stimmbruch wäre
und auch gut singen könnte", schlug ich Bernhard vor. „Geht nicht, ich muss
nicht mehr zu ihm hin." „Dann soll halt der Helmwart fragen," entgegnete ich.
Helmwart war dazu bereit und schlug mich dem Herrn Kränzle vor. „Ja wie viele
seid's ihr no," staunte der Chorleiter, „in welche Singschulklasse geht dein kleiner
Bruder denn?" „In die zweite bei Frau Frederichs," erklärte Helmwart. „Dann darf
er noch nicht mitmachen, das ist erst ab der dritten Klasse erlaubt." „Das ist aber
schade, Winfried hat einen sehr hohen Sopran und singt wirklich sauber." „Dann
bringt ihn halt mit, ich probier's mal mit ihm. Versprechen tu ich aber nix!" so ver-
blieben Bruder Helmwart und Herr Kränzle. Zur folgenden Chorprobe nahmen
mich Dietmar und Helmwart mit. Als wir die großen Choräle anstimmten tauchte
Herr Kränzle immer wieder in meiner Nähe auf, neigte sich zu mir, um zu hören,
wie ich stimmlich drauf sei. Und ich war gut drauf, denn nach der Probe sagte
Herr Kränzle zu mir: „Bua, dich kann ich brauchen, du darfst mitsingen! Die Hierdeis Buben sind ja super Sänger!"
Glücklich erzählte ich meinem Lehrer Stiegele, dass ich demnächst zwei Tage
Urlaub bräuchte, da ich in München bei der Matthäuspassion mitsingen dürfte.
Er gratulierte mir, denn er meinte, ich würde der Stadtberger Volksschule sicher

alle Ehre machen und gab mir die Tage frei. „Mein Bruder Dietmar, singt auch mit, der braucht auch frei," wandte ich ein. „Um so besser, zwei Hierdeis Buben bei Eugen Jochum, das ist toll!"

Endlich kam der große Tag. Wir wurden mit dem Bus zum Deutschen Museum gebracht. Unser Platz war auf einer langen Bank über dem großen Rundfunkchor und dem Sinfonieorchester. Eugen Jochum begrüßte die Augsburger Buben ganz herzlich und alle Mitwirkenden klatschten uns Beifall, obwohl wir noch gar nicht gesungen hatten. Dann erklärte er uns sein Einsatzzeichen zum Choral: "O, du Lamm Gottes unschuldig." Er zeigte schon mehrere Takte vorher mit dem Zeigefinger in die Höhe, damit wir uns auf den folgenden Einsatz konzentrierten. Alles klappte wunderbar, wir fühlten uns sicher und sangen pünktlich los. Eugen Jochum lächelte uns zu. Gut gemacht!

Nach der Hauptprobe war nachmittags die Rundfunkaufnahme, dann fuhren wir wieder nach Augsburg. Am nächsten Tag war am Nachmittag eine nochmalige Verständigungsprobe und um 18 Uhr das Konzert mit Life-Rundfunkübertragung. Meine Mutter und Tante Rosa hatten sich Karten organisiert und waren auch da. Ich glaube, sie waren ganz stolz, wie sie uns in dem dem riesigen Chor entdeckten. Daheim lobten uns wegen der schönen Aufführung. Als ich am folgenden en Tag in die Schule kam, meinte Herr Stiegele zu meinen Mitschülern: „Habt ihr's gehört, der Winfried hat gestern im Radion gesungen. Ich habe zugehört. Eine tolle Aufführung! Da braucht's natürlich g'scheite Sänger und net so "Brummbären' wie euch da herinnen!" Verlegen ging ich auf meinen Platz. Ganz anders erging es mir bei meiner Singschullehrerin Frederichs. Sie schimpfte mit mir: „Du hättest noch gar nicht mitsingen dürfen, es hieß: Erst ab der dritten Klasse! Zumindest hättest du mich fragen müssen. Das hatte der kleine Herr aber nicht nötig." „Ja, mei, der Herr Kränzle hat es mir erlaubt, da dachte ich, das genügt." Frau Frederichs verdrehte die Augen und schmollte. Das konnte ich aber gut aushalten.

Fastenzeit, harte Zeit

Für uns Kinder dauerte die Fastenzeit zwischen Aschermittwoch und Ostern unendlich lange und war sehr anstrengend. Falls wir uns durch kleine Botengänge Süßigkeiten verdienten, sollten wir auf ihren Genuss verzichten und sie in einer Dose bis Ostern sparen. Dieses Opfer nahmen wir nicht ohne Murren hin. Sonstige Vergnügungen gab es nicht, außer dass wir alle 14 Tage zum BCA-Stadion nach Oberhausen gehen durften. Je nach Spielausgang hielt sich das Vergnügen aber in Grenzen.

In der Pfarrei Maria Hilf gab es jeden Mittwoch in der Fastenzeit um 6 Uhr einen Jugendgottesdienst. Und wer wurde besonders häufig als Messdiener dazu eingesetzt? Die zwei Hierdeisbuben! Mir fiel das frühe Aufstehen sehr schwer, Dietmar ging es nicht besser. Der Gedanke aber, dass unter den Gottesdienstbesuchern ein paar nette Mädchen sein könnten, beflügelte unseren Opferwillen ein wenig. So zogen wir in froher Erwartung mit dem Schulranzen bepackt zur Kirche. Nach der Messe blieb weder Zeit mehr zur Mädchenschau noch für's Frühstück. Wir fuhren gleich mit der Tram zur Schule und bissen dort noch rasch vor dem Unterricht in unser Pausenbrot. Ein ziemlich stressiger Tagesbeginn!

Ein weiteres vorösterliches Opfer forderte der Beichtgang nach Maria Hilf. Stadtpfarrer Hintermaier hatte die Ministranten dazu aufgerufen. „Regelmäßiges, am besten 14-tägiges Beichten ist das Mindeste, was man von Messdienern erwarten kann!" meinte er. So saß ich immer wieder grübelnd vor dem Beichtstuhl und sann nach, was ich dem"Stapfe",so nannten wir Herrn Stadtpfarrer Hintermaier, wenn wir Ministranten von ihm sprachen, beichten könnte. Hinterher rannte ich erleichtert heim, weniger weil ich mich von der großen Sündenlast befreit fühlte, sondern weil ich die Prozedur einfach überstanden hatte.

Am Palmsonntag fuhren meine Mutter und Bruder Helmwart nach Berlin zu einem Verwandtenbesuch. Dietmar und ich blieben bei unserer Tante zurück, die sich für uns verantwortlich fühlte und als Aufsicht fungierte. Bruder Bernhard, sechs Jahre älter als ich, war zwar daheim - vor allem zu den Mahlzeiten - fühlte sich aber Tantes Aufsicht entwachsen und ging meist seiner eigenen Wege. Klappte bei uns etwas nicht wunschgemäß, hieß es sofort: „Wartet nur ab, ich werde alles eurer Mutter melden!" Auf solche Meldungen legten wir keinen gesteigerten Weg, drum verschonten wir die Tante mit unseren Attacken. Leider gelang uns dies aber am Gründonnerstag nicht.

Jürgen Spiegel, Dietmar und ich waren für das Abendmahlsamt um 19 Uhr als Ministranten eingeteilt. Tante Rosa gab die Order aus: „ Ihr lauft nach Maria Hilf, die Fahrräder bleiben da!" „Wieso?", fragte ich, „mein Fahrrad steht doch hinter dem Haus, da kann ich doch fahren, die andern beiden sollen laufen!" „Meinetwegen," entgegnete Tante Rosa, „aber keiner fährt auf deinem Rad mit, das ist mir zu gefährlich!" „Keine Sorge, Tante," rief ich ich und schon war ich weg! Nach dem Gottesdienst gingen wir drei Buben einträchtig nebeneinander her und ich schob brav mein Fahrrad.

Da meinte Dietmar: „ Mei, sind wir blöd, wir haben ein Fahrrad und schieben es, wir könnten in fünf Minuten daheim sein und noch eine Runde Kanasta spielen bis die Tante von der Kirche zurück ist! Kommt, ich fahre, Winfried hockt sich zu mir auf den Rahmen, Jürgen schiebt an und springt dann auf den Gepäckträger!" „Super Idee, und wenn mein Radl zusammenbricht, wer ersetzt mir den Schaden?" „Dann legen wir zusammen, gell Jürgen!" meinte Dietmar und Jürgen bestätigte Dietmars Vorschlag. „Freilich zahlen wir, das ist doch Ehrensache, außerdem hält dein Rad diese Belastung leicht aus. Schließlich ist es ein „Strickerrad"!" Beruhigt setzte ich mich zu Dietmar auf die Rahmenstange, Dietmar gab das Kommando: „Auf die Plätze! Fertig! Los!" Jürgen schob ein paar Meter an und rief: „Ich komme!" und sprang auf. Krach!! Das Hinterrad sank in sich zusammen und blockierte sofort. Durch das abrupte Bremsen fielen wir alle vom Rad und schrieen wie aus einem Munde: „Scheiße!" „Kommt, tragen wir das Rad schnell heim, bevor die Tante uns sieht!", rief ich.

Gerade wollten wir das kaputte Rad hochnehmen, da stand Tante Rosa schon bei uns und tobte: „Hab ich euch nicht das gemeinsame Radeln verboten. Das ist die gerechte Strafe, weil ihr nicht gefolgt habt! „ Ich meinte kleinlaut: „Dietmar und Jürgen werden die Reparatur bezahlen, das haben wir ausgemacht. Du kannst dich wieder beruhigen, Tante!" „Keine Angst, ich beruhige mich schon und ihr bekommt zur Beruhigung zwei Tage Hausarrest, Karfreitag und Karsamstag. Ihr dürft dann zur weiteren Beruhigung Ostereier anmalen und eurer Mutter werde ich die Geschichte auch melden. Mal schauen, ob ihr sie auch beruhigen könnt!"

„Frohe Ostern," zischte ich Dietmar zu und verzog mich in mein Zimmer. „Dumm gelaufen," schmollte Dietmar, „einfach nur Pech gehabt."

Erschütterungen

Das Haus Oberen Stadtweg 23 wurde gleich nach Fertigstellung im Jahr 1937 von unserer Familie, bestehend aus meinen Eltern und den Brüdern Bernhard und Helmwart im ersten Stock bezogen. Auf Dietmar und mich musste die Welt noch ein wenig warten. Bauherr und Besitzer war das Ehepaar Adolf und Adelheid Schuster. Es zog mit der Tochter Sieglinde im Paterre ein, Sohn Erwin wurde 1940 geboren.

Die Dachwohnung belegte das junge Ehepaar Clemens und Elisabeth Spiegel. Ihr Sohn Hans Jürgen kam ebenfalls 1940 zur Welt. Unser Wohnung war sehr schön, circa 80 Quadratmeter für vier Zimmer. Ein großer Balkon diente in den Sommermonaten als zweites Wohnzimmer. Einen Nachteil hatte das Haus: Es war sehr hellhörig. Ursache dafür war die Bauweise in den dreißiger Jahren. Die Zwischenböden, welche die einzelnen Stockwerke trennten, waren nicht aus Beton gegossen, sondern sogenannte Fehlböden. Das waren Konstruktionen mit Holzbalken, deren Zwischenräume mit Schlacke gefüllt wurden. Die Decken bestanden aus verputzten Hartfaserplatten, die Fußböden aus Kiefernbrettern mit Stragula, einem billigen Linoleumersatz, oder Linoleum belegt.

In die zwei oberen Etagen führten Holztreppen mit vier Podesten. Ein heimliches Hinaufgehen oder Heimkommen war unmöglich. Wir spielten im Bett gerne: Personenraten, weil das Knarzen der Stufen oder das Klappern der Schuhsohlen leicht dem Ankömmling im Stiegenhaus verrieten. Klangen die Schritte fremd, dann wusste man, dass Spiegels Besuch bekommen.

Lärmempfindlich waren unsere Hausleute nicht, im Gegenteil, sie entwickelten im Lauf der Jahre eine unglaubliche Toleranz. Gegen Erschütterungen war Adolf Schuster aber sehr empfindlich. Wenn wir im Kinderzimmer am großen Tisch Tischtennis mit Rundlauf spielten, dauerte es keine zwei Minuten, bis Herr Schuster mit dem Besenstiel gegen die Decke donnerte.

Setzten wir unser Spiel fort, dann kam er wütend die Treppe heraufgestürmt und tobte: „Ihr Hurabuaba, hört's auf, mei' Lampe wackelt so hin und her!" Mit großen Handbewegungen bekräftigte er seine Aussage. „Gut, dann hör'n mehr halt auf," beruhigten wir Herrn Schuster, der sich brummend zurückzog.

Einmal, an einem frühen Abend saßen Hans Jürgen und ich in Spiegels Küche. Durch das Fenster hörten wir, wie Herr Schuster mit seinem Moped, einer Vicky von Viktoria von der Arbeit heimkam. Sein Ritual war immer gleich: Er stellte sein Moped hinter dem Haus ab und ging direkt in die Wohnung, wo ihn die Familie bereits zum Abendessen erwartete.

Frau Spiegel bat ihren Sohn Jürgen: „Du könntest mal in den Keller gehen und Holz holen, ich muss den Ofen anheizen bis Papa heimkommt." „Da gehe ich gleich mit," warf ich ein und zwinkerte Jürgen zu. Ich hatte nämlich eine super Idee, welche ich meinem Freund vor der Wohnungstür erklärte. „Wir überspringen beim Herunterlaufen mehrere Treppen und landen immer auf den Podesten. Das rumpelt toll und Herr Schuster wird sicher herauskommen, um nachzusehen, wer den Krach im Haus verursacht." „Eine toller Vorschlag, das machen wir!" meinte Jürgen und wir riefen: „Auf die Plätze fertig, los!" Gleich sprangen wir mit großem Getöse das Treppenhaus hinunter. Wir hatten leider keine Zeit mehr, die Kellertüre hinter uns zu schließen. So war es für Herrn Schuster ein Leichtes, herauszufinden, wo wir geblieben waren! Er polterte gleich los: „Ja ihr Hundsnix, ihr seid's ja verrückt, da moint ma, das ganze Haus kommt runter!" Dann stapfte er vorsichtig die Kellertreppe herunter, um nach uns zu suchen. Da das Kellerlicht kaputt war und in den Kellern der Mieter sowieso kein Licht war, zündete Herr Schuster immer wieder Streichhölzer an, um uns aufzuspüren.

„Ja, wo sann denn die Hurabuaba," brummte er vor sich hin. Wir aber saßen in Spiegels dunklem Keller hinter der Kartoffelkiste und mucksten uns nicht. Endlich brach Herr Schuster die Fahndung ab und zog sich in die Wohnung zurück. Nach ein paar Minuten der Stille beugte sich jeder von uns einen Stoß Holz auf den Arm und schlich vorsichtig aus dem Keller und an Schusters Wohnung vorbei. Herr Schuster hat uns wohl hinter der Türe aufgelauert. Er riss die Wohnungstüre auf. Vor Schreck ließen wir unser Holz fallen„ Hab i' euch derwischt, ihr Hundsbuaba. No oimol, dann scheppert's!" „Wir haben doch nur Holz geholt," meinten wir kleinlaut. „Deswega braucht's ihr net die Treppa runterrumpla! Dös könnt's ihr dem Dieze o saga, der isch o net besser wie ihr!"

Oben angekommen meinte Frau Spiegel: „Ich dachte, ihr kommt gar nicht mehr, so lange unterwegs wegen ein paar Scheitel Holz." Wir haben nur Herrn Schuster getroffen und uns mit ihm ein wenig über seine Vicky unterhalten." „Wer ist Vicky?" fragte Frau Spiegel erstaunt. „Ah, nur dem Herrn Schusters sein Moped, ein tolles Maschinle!"

Leben im Hinterhaus

Bald nach der Währungsreform 1948 plante Familie Adolf Schuster einen Anbau hinter unserem Haus. Dort sollte Frau Holzheu, eine Schwester von Adolf
Schuster, mit ihrem Sohn Heinz ein neues Zuhause finden. Da der Anbau direkt
mit Schusters Wohnung verbunden war, konnte auch Oma Schuster rasch als
Babysitterin zum Einsatz kommen, denn als Frau Holzheu etwas später ihren
neuen Partner Hans Schuster heiratete, stellte sich bald Nachwuchs ein. Söhnchen Hansi wuchs zu einem fröhlichen Kerlchen heran und nannte sich selbst
Hansi Ala und das, obwohl damals von Muslimen in der Nachbarschaft noch
keine Rede war.

Hansi war der Liebling aller Erwachsenen und eroberte sich seine Welt auch in
der Wohnung von Onkel Adolf. Dieser schraubte am Küchentisch die Schublade
fest, weil Ala sie bislang immer herausriss und den Inhalt in der Küche verteilte.
Das missfiel dem Onkel: „Hansi, du Hurabua!" schimpfte er los. Darauf Hansi:
„I net Hurabua, du selber Hurabua seia!" Da konnte Adolf Schuster herzhaft lachen. Uns gegenüber, gleich neben Strohmaiers Haus, wohnte noch ein weiterer
Hansi. Es war so alt wie Hansi Ala und gehörte zur Familie Träger. Hansi Träger
grenzte sich aber von Hansi Ala ab und nannte sich aus mir unerklärlichen Gründen „Hansi zur Kreide". Leider verstarb Hansi zur Kreide schon mit zwölf Jahren
an einer Hirnhautentzündung. Das machte uns alle sehr betroffen. Es war das
erste Mal, dass uns ein Freund aus der Nachbarschaft so jäh verlassen musste.

Als Anfang der Fünfziger Jahre Hans Schuster für seine Familie ein kleines Häuschen am Lauschberg baute, wurde der Anbau frei und konnte vermietet werden.
Bald zog Frau Moni ein. Wir nannten sie so, weil sie eine Katze hatte, die mit
diesen Namen gerufen wurde. Frau Moni war groß und schlank, stolzierte auf-
recht und nahm ihre Umgebung kaum wahr. Als besonderes Kennzeichen trug
sie eine große dicke Sonnenbrille und zwar im Sommer wie im Winter. Wenn
man ihr begegnete, sagte man freundlich: „Grüß Gott!" Dann hauchte sie unter
der Sonnenbrille ein: „Grüß dich!" heraus. Mehr Worte habe ich nicht mit Frau
Moni gewechselt.

Wie man hörte, war Frau Monis Gatte nicht aus dem Krieg heimgekommen. Er galt als vermisst. Tochter Erika, ein freundliches Mädchen, war etwa fünfzehn Jahre alt und besuchte das Gymnasium. Mutter und Tochter lebten sehr kontaktarm im Hinterhaus. Ab und zu parkte vor unserem Haus ein lindgrüner VW Käfer mit dem Kennzeichen FW das bedeutete: Französisch-Württemberg. (Französische Besatzungszone)

Bald stellte sich heraus, dass der Fahrer des Wagens unsere Frau Moni besuchte. „Wahrscheinlich ist das ein besonders hartnäckiger Vertreter, der Frau Moni etwas andrehen will." meinte Tante Rosa. Eines Tages traf ich Erika auf der Treppe vor ihrer Wohnung sitzend an und meinte: „ Hast du deinen Hausschlüssel vergessen?" „Ach wo, meine Mutter hat Besuch." „Ist wohl der Vertreter wieder da?" „Wieso Vertreter, meine Mama hat einen Freund und die beiden trinken Tee. Da muss ich doch nicht dabei sein!" „Und wie lange sitzt du schon hier draußen." fragte ich voll Anteilnahme. „So ‚ne knappe Stunde!" „Da wird der Tee schon längst kalt sein! Ich würde an deiner Stelle mal klopfen!" „Könnte ich eigentlich mal machen," antwortete Erika und wurde tatsächlich eingelassen.
Bald stellte sich heraus, dass Erika immer öfter vor der Türe warten musste, bis ihre Mama die Teestunde mit ihrem Freund beendet hatte. Frau Moni bemerkte auch bald, dass die Nachbarn die Ankunft des Freunds argwöhnisch beäugten. Darum riet sie ihm, dass er seinen Käfer nicht am Oberen Stadtweg sondern in der Osterfeldstraße parken sollte. Tante Rosa entdeckte den Wagen sehr bald vor Feierles Haus und meinte: „ Frau Monis "Sherie" ist wohl umgezogen." Eines Morgens stand der Käfer traurig da und kauerte tief über dem Boden. Unbekannte Täter missgönnten Frau Moni wohl die Teestunden und ließen bei "Sheries" Käfer an allen vier Rädern die Luft raus. Daraufhin beschloss Frau Moni mit der Tochter in die Stadt zu ziehen, wo ihr niemand um ihre Teestunden neidisch war.

Schusters vermieteten die Wohnung auf's Neue. Ein bemitleidenswertes Flüchtlingsehepaar mit dem Namen Fülle aus Leipzig zog alsbald mit Töchterchen Steffi in das Hinterhaus. Familie Fülle bat unsere Hausleute sogar um Stornierung der Miete, da sie völlig mittellos sei. Schusters willigten hilfsbereit ein. Bald fand Herr Fülle eine Stelle bei der MAN. Bei Schusters wuchs die Hoffnung auf baldige Mietzahlungen berechtigter Weise. Doch da erzählte uns Töchterchen Steffi, dass sie bald ihre gute Uma in Lepzisch besuchen dürfe. Diese Meldung kam unserer Tante komisch vor. Wie kann man aus der DDR fliehen und dann wieder hinüber fahren? Also erkundigte sie sich bei der Polizei und siehe da: Die arme

Flüchtlingsfamilie verschwand über Nacht. Herr Fülle wurde als Werksspion entlarvt und Familie Schuster um die Mieteinnahmen betrogen!

„Gut, dass Fräulein Hierdeis bei der Polizei war, sonst wären wir noch mehr beschissen worden," meinte Herr Schuster und Tante Rosa war wegen ihrer Spürnase ganz stolz. „Ihr seht, so leicht kann mir keiner etwas vormachen, merkt's es euch!" Für uns gab es da nichts zu merken, wir wussten es schon.

Die sieben Gaben des Heiligen Geistes

„Du musst unbedingt ins Gymnasium gehen!" meinte unser Lehrer, Herr Stiegele zum Ende des vierten Schuljahres. „Erstens bin ich mir sicher, dass du die Aufnahmeprüfung schaffst und zweitens habe ich im kommenden Schuljahr sowieso keinen Platz mehr für dich. Meine künftigen fünften Klassen sind schon jetzt übervoll. Also, lass' dich zur Aufnahmeprüfung anmelden!" Unsere Mutter folgte der Meinung unseres Lehrers und schrieb mich am Realgymnasium ein.

Die Prüfung zog sich über drei Schultage hin. Getestet wurde in Deutsch, Diktat und Aufsatz, in Mathematik und in Religion. Natürlich war ich mächtig aufgeregt. Da meine Mutter im benachbarten Maria-Theresia-Gymnasium als Katechetin tätig war, kannte sie das Aufnahmeverfahren ganz gut und übte mit mir in meiner Freizeit recht fleißig. Das hat mir zwar gar nicht gepasst, weil ich von meiner Leistungsfähigkeit aufgrund der Aussage meines Lehrers überzeugt war, andererseits konnte man aber auch nie wissen, für was die Überei doch noch gut sei. Auf jeden Fall hatte ich nach den ersten beiden Prüfungstagen mit Deutsch Religion. Morgens fuhr meine Mutter sogar bis zur Haltestelle Klinkertor mit mir, um meine letzten Unsicherheiten in Religion auszuräumen und in klare Antworten zu verwandeln. Als die Tram am Stadttheater losfuhr, fragte ich noch schnell: „Du, Mutter, wie heißen denn noch die sieben Gaben des Heiligen Geistes?" Mutter sagte sie mir rasch auf. „Und die zehn Gebote?" Da hielt die Tram schon am Klinkertor an und unsere Wege trennten sich. Weiter als bis zum 7 Gebot: Du sollst nicht stehlen! kam sie nicht mehr. Auf dem Weg zur Schule sagte ich mir die Gebote und 7 Gaben des Heiligen Geistes immer wieder vor und war mir sicher, dass die Religionsprüfung kein Problem für mich sein könnte.

Und was für ein Glück! Neben der Erzählung der biblischen Geschichte von Kain und Abel wurde nach den 7 Gaben des Heiligen Geistes gefragt. Ich schrieb munter drauf los und war einer der ersten Schüler, der sein Blatt abgab. „So eine leichte Prüfung, gut dass wir in der Tram noch alles besprochen haben. Ja eine Mutter als Religionslehrerin, das ist schon super!
Strahlend und siegessicher kam ich nach Hause. Meine Brüder stürzten sich auf mich und erkundigten sich nach den Prüfungsfragen „Alles primitiv, Kain und Abel und die 7 Gaben vom Heiligen Geist, sowas Einfaches," meinte ich. „Und,

was hast du geschrieben?" wollten die Brüder wissen. „Du sollst nicht stehlen, du sollst nicht lügen, du sollst nicht töten, du sollst...."

„Du Knallkopf, da hast du ja 7 aus den 10 Geboten geschrieben und keine Gaben des Heiligen Geistes!" Ich bekam einen hochroten Kopf. War jetzt der Besuch des Gymnasiums in Gefahr? Sollte ich in der fünften Klasse nur einen Stehplatz bekommen, wenn ich jetzt nicht bestand?

„Fünfte Klasse übervoll, kein Platz für dich!" so hallten Herrn Stiegeles Worte durch meinen Kopf. Betrübt zog ich mich in mein Zimmer zurück.
Am folgenden Tag brachte der Postbote einen blauen Brief: Absender Realgymnasium Augsburg. Hastig nestelte ich den Umschlag auf und las:

Winfried Hierdeis hat die Aufnahmeprüfung bestanden und wird zum Schuljahr 1951/52 in die erste Klasse des Realgymnasiums aufgenommen.

gez. Steiß, Oberstudiendirektor.

Da fiel mir ein Riesenstein vom Herzen. Gleich rannte ich zur Wohnung von Herrn Stiegele in der Richard-Wagner-Straße und meldete ihm: „Bestanden!" Er lächelte zufrieden und meinte: „Na also, hab' ich doch gesagt!"
Später erfuhr meine Mutter vom Religionskollegen des Realgymnasiums, dass man sich über meine Verwechslung sehr amüsiert habe. Ich nicht, aber das war jetzt ziemlich Wurst! Hauptsache: Bestanden!

Endlich Straßenbahn fahren, am besten mit Nusser und Zwicker!

Meine Geschwister und unsere Mutter fuhren täglich mit der Straßenbahn zur Schule, nur ich trottete mit meinem Schulranzen auf dem Buckel hinauf zur alten Schule bei St. Nikolaus. Da war ich allen recht neidisch. Meine Mutter linderte manchmal meinen Schmerz, indem sie mich mit der Tram bis zur Leitershofer - Straße mitnahm. Sehnsüchtig blickte ich der Straßenbahn nach, bis sie am Ende der Pferseer-Straße in die Unterführung beim Hauptbahnhof eintauchte. Erst dann nahm ich die Gegenbahn nach Stadtbergen hinaus und wünschte mir die Zeit herbei, wo auch ich täglich mit der Tram fahren durfte.

Mit dem Besuch des Peutinger Gymnasiums im Herbst 1951 begann endlich meine Zeit als Straßenbahnfahrer. Schon deshalb hatte sich das Bestehen des Probeunterrichts für mich gelohnt. Unsere Straßenbahnhaltestelle hieß Schlossstraße und war etwa sieben Minuten von der Wohnung am Oberen Stadtweg entfernt. Sie lag etwas westlich der Einmündung Osterfeldstraße/Bismarckstraße. Heute gibt es diese Haltestelle nicht mehr, da die Endhaltestelle Stadtbergen der Linie 3 ganz in der Nähe liegt.

Die damaligen Straßenbahnzüge bestanden aus einem Motorwagen mit Beiwagen, in den Stoßverkehrszeiten gab es noch einen zweiten, zusätzlichen Anhänger. Dieser war kürzer als die üblichen Beiwagen und wurde von uns "Katzenwagen" genannt.
Der Motorwagen war stets "Nichtraucher", in den Anhängern durfte geraucht werden. Auf diesen Umstand wiesen kleine Schilder hin. Ein weiteres Schild lautete: Bitte nicht auf den Boden spucken! Wenn wir im Anhänger mitfuhren, rochen unsere Klamotten nach kaltem Rauch. Tante Rosa lüftete sie nach unserer Heimkehr sofort auf dem Balkon aus. In jedem Wagen fuhr ein Schaffner mit, der die Fahrscheine kontrollierte oder verkaufte. War sein Wagen abfahrtbereit, zog er an einer langen Lederleine, die an der Decke durch den Wagen führte und auf dem Dach ein Glockensignal auslöste. So hörte der Fahrer, wann er weiterfahren konnte.

Wagenführer und Schaffner fuhren immer als Team. Unser Lieblingsteam bestand aus dem Fahrer Nusser und seinem Schaffner Zwicker. Dieser hieß zwar Baur, wurde aber Zwicker genannt, weil er beim Entwerten der Fahrkarte uns immer die Finger auf der Karte festdrückte und sie somit einzwickte. Grinsend forderte er uns auf, endlich die Fahrkarte los zu lassen, damit er sie entwerten könne und jedes Mal freute er sich über sein gelungenes Späßchen. Der Fahrer Nusser stand bei uns hoch im Kurs, weil wir bei ihm den Schalter für das Blinklicht bedienen durften. Außerdem beantwortete er uns bereitwillig alle Fragen, die wir ihm zu seinem Fahrzeug stellten und das, obwohl im Führerstand ein Schild darauf hinwies, dass das Sprechen mit dem Fahrer während der Fahrt verboten sei.

Als ich einmal zu ihm meinte: „I glob, i könnt o scho fahra," meinte er ganz trocken: „Ja, mit der Hand über de' Hintera!" Damit war dieses Thema abgeschlossen.
Die Motorwagen hatten Anfang der fünfziger Jahre noch keine Scherenstromabnehmer sondern eine Stange, an deren Ende eine Rolle dem Fahrdraht entlang glitt. Manchmal sprang die Rolle aus dem Fahrdraht heraus und die Tram stoppte abrupt. Da verließ der Nusser rasch seinen Führerstand und versuchte, die Stange mit der Rolle wieder in die richtige Position zu bringen. Das war mitunter ein tückisches Unterfangen! Der Nusser quittierte das Geduldsspiel mit: „Scheißkarra, alter," oder „Huraglump, verrecktes!" bevor er die Fahrt wieder fortsetzte.

In den Sommermonaten war das Fahren auf der zum Teil offenen Plattform erträglich, in den Wintermonaten stand der Fahrer im dicken, gefütterten Ledermantel, mit Fellmütze und Fellhandschuhen und in hohen, gefütterten Schaftstiefeln an seinem Arbeitsplatz. Tiefgefroren ließ man sich nach vier Stunden Fahrt ablösen...

Bemerkten wir, dass der Nusser keinen Dienst hatte, dann stiegen wir im "Katzenwagen" auf der letzten offenen Plattform ein. Von hier aus konnte man vor allem in Kurven den Straßenbahnzug gut beobachten. Die Enge in den vollbesetzten Straßenbahnen beim Berufsverkehr war oft bedrückend. Für Späße oder Gerangel blieb kein Platz. Jeder war froh, dass er noch mitkam.

Einmal riss mich ein Fahrgast beim Aussteigen am Stadtberger Hof fast mit sich aus der Tram. Dabei schubste ich einen älteren Herrn unsanft zur Seite. Der wiederum polterte los: „Ja du Hundsbua, kasch du net aufpassa, i fahr doch net Trambahn, dass i mir von dir schupfa loss!" Zeit zum Entschuldigen blieb mir keine, denn wir erreichten schon die Haltestelle Schlossstraße und ich hüpfte in die Freiheit hinaus.

Unsere Hausgemeinschaft am Oberen Stadtweg 23

Erdgeschoss:
Adolf und Adelheid Schuster mit den Kindern Sieglinde und Erwin
Hans und Anni Schuster mit den Kindern Heinz und Hans
Oma Schuster

1.Stock:
Maria Hierdeis mit den Kindern Bernhard, Helmwart, Dietmar und Winfried
Tante Rosa Hierdeis
das Ehepaar Arthur und Anita Tilmann aus Riga bis zum Spätherbst 1949

2. Stock:
Clemens und Elisabeth Spiegel mit Sohn Hans Jürgen

Inhalt

Aus der Zeit gefallen	1
Vorwort	5
Mein Schulranzen	7
Das erste Schuljahr	9
Unterhosenparade	11
Die Schulspeisung kommt!	13
Die neue Straßenbahn fährt - aber nicht für uns	14
Berufswünsche	16
Der Herr Dekan	18
Maler Knöpfle hat Hochkonjunktur	21
Warum der Klaus nie mehr zum Beichten ging	24
Erstkommunion 1949	26
Der Muck hat einen Fußball!	29
Unsere Sportarenen	31
Familienbande	33
D'r Elmi	35
Vorsicht am Ziegelstadel	37
Der Birzle-Bauer	38
Ein Opfer für das neue Fräulein	40
Endlich bei den "Großen"	41
Der Schulrat kommt...	43
Fasching	44
Am "Schlogse" (Schlaugraben)	46
Begegnungen mit dem Tod	48
Bilderstürmer	50
Balogh mit Sterbekreuz	51
Der Fredl	52
Messe spielen	54
Neid und seine schmerzhaften Folgen	56
Buße muss sein, aber wie?	58
Lockvögel	60
Herr Hauptlehrer	62
Die Horex	64

Eiersalat   66
Ein Gedichtle vom Herrn Hauptlehrer   68
Schulspeisung, auch für Hunde ?   70
Endlich ein Fahrrad!   71
Waschtag   73
Fußballfans   75
Wohltaten können ganz schön belastend sein   77
Unterhosenspende   79
Schwester Benonia geht die Luft aus   81
Feinde   83
Messdiener leben gefährlich   85
Friedemann   87
Hunde   90
Hausmusik   93
Herr Schwarz hat einen Film!   96
Intensive Düngung braucht Zeit   98
Sankt Nikolaus, du guter Mann....   101
Advent, Advent...   105
Endlich Weihnachten!   107
Neue Power   109
Ich singe im Radio   111
Fastenzeit, harte Zeit   113
Erschütterungen   115
Leben im Hinterhaus   117
Die sieben Gaben des Heiligen Geistes   120
Endlich Straßenbahn fahren, am besten mit Nusser und Zwicker! 122
Unsere Hausgemeinschaft am Oberen Stadtweg 23   125
Kurze Vita des Autors: 128

Kurze Vita des Autors:

Winfried Hierdeis, verheiratet, drei Söhne

1941 in Stadtbergen geboren,
Besuch der dortigen Volksschule
Gymnasium in Augsburg und Eichstätt
Pädagogikstudium in Augsburg
Orgelstudium am Konservatorium Augsburg und am Mozarteum Salzburg
Zusatzstudium für elementare Musik-und Bewegungserziehung
am Orff-Institut in Salzburg
Lehrer an Grundschulen in Augsburg mit dem Schwerpunkt Musik,
24 Jahre Rektor an der Grundschule Augsburg-Göggingen-West
Seit 2005 im Ruhestand
jahrzehntelang als Chorleiter und Organist in Augsburg tätig
1. Vorsitzender der Theatergemeinde Augsburg

Zum Schluss

Bei meinem Dank möchte ich vor allem unserer Hausleute gedenken. Familie Adolf Schuster hat mit großer Geduld das rege Leben einer sechsköpfigen Familie über sich ertragen. Zusammen mit den Kindern Sieglinde und Erwin sowie dem Cousin Heinz erlebten wir eine schöne Kindheit.

Dank auch an Familie Clemens Spiegel, deren Gastfreundschaft wir jederzeit in Anspruch nehmen durften. Sohn Hans Jürgen wurde mitunter als unser fünfter Bruder angesehen und er fühlte sich auch so.

Dank den vielen guten Nachbarn, ganz besonders Familie Adolf Weeger mit ihren Kindern Fritz und Karola, die mir immer Heimat-und Gastrecht gewährte und jederzeit ihren wunderbaren Garten öffnete, auch in Erntezeiten!

Winfried Hierdeis